春 炉

〔日〕金原省吾——著

王国强——译

随笔集

枯芝原よべ降りし雪のとけし

かば辛夷の花は雫してあり

浙江人民美术出版社

序

　　中国画家傅抱石是家喻户晓的艺术家，然他而立之年东渡日本投拜美术界泰斗金原省吾门下之事并不为公众所知。他从翻译导师的《唐代之绘画》开始，对中国绘画史有了更为专业和系统的研究。这本随笔集就是抱石先生导师金原省吾的日常所思所感，阅读本书可为我们品鉴抱石先生艺术品提供诸多社会背景，更可助力读者了解日本文化和艺术以及其与中西文化的关联。正如本书作者在 1937 年的时候已经高屋建瓴地认识到："没有美的生活，只会让人感觉不完整……只有从本国历史、从现实生活中思考美时，美之教育才可能真正开始。"我赞赏作者的观点：美育不应当停滞于一门技艺的教学上，而应当是生活的根基。正是如此，译者国强先生嘱我作序时我欣然命笔。

　　中日国民的审美确是大相径庭，比如宋人牧谿的画多用蔗渣草结蘸水墨，又皆随笔点墨而成，意思简当，不费妆缀，不拘泥于笔墨或气韵。然这样的禅意之画被带到日本后被奉为国宝。作者在书中言及自己所藏牧谿的柿子画："凝神观察柿子时会发现，柿子的摆放方式、存在形式好比是平静水面上突然生起的水波那样美丽而又脆弱。一处浓淡，千般墨，线几条。与其说它在显示着逻辑上的强韧，倒不如说是在显示着逻辑上的脆弱之处。这种脆弱感静心可得。"寥寥数语，将牧谿画作传达的大美心境如水墨画般勾勒出来。尔后他提及日本绘画立足的根基不是在于其强大之处，而是在于其脆弱之处。在无常和多变交互作用下形成的易变不定之形的美感认知在日本颇为常见。如茶室之美、插花之美、水墨之美、陶瓷之美等皆是如此，这些美无法捕捉、无法提取，确是无常之美。在脆弱中保全整体，其中便蕴含了日本美术的性格。这些美育根基也使得日本国民最后大多选择以美作为最后的追求。在贯穿于实用中的美育基础上成全了日本的"健康"。不管是日本人还是中国人，若全民生活是以美通道、以道得美，那么美育和生活互渗结合便是最好不过了。

美育从根本上讲，是对人之性情予以美的熏陶濡染，这是作为人从根部支撑知识的重要情感体蕴。作者不仅熟谙日本文化，对中国古典文学素材也是信手拈来。比如他在讨论人生行路静寂之感时也援引唐朝耿沣的诗："反照入闾巷，忧来谁共语？古道少人行，秋风动禾黍。"除了比较其与芭蕉透彻的冰冷不同之外，他还论及中国古人对孤寂的厚重与宽广的体悟。再比如他对《易经》中阴阳两大要素的讨论深入浅出，是很多国人所不能及。日本美术界的泰斗能从日本文化、社会和生活的角角落落去感受、品吟日本本土风格的美，探讨日本人是以何种态度将其文化体系化并将日本的视点根植其中，这些功力是我们当代艺术学界学人遥不可及的。比如他谈及日本庭院、歌舞、茶道等，甚至他将日本生活的根基归结于"坐"这一行为上。文化对于国民身体语言润物无声的规训被作者以很轻松的笔触勾勒出来，生活藏在身体的背后。除却日常生活的描述之外，作者还通过对日语助词的观察，探讨流变与平衡的秩序，如此种种，不胜枚举。

"扑面而来的樱花，让一些已然忘却的事情开始回荡于脑海，让一些身影在心底浮现。"这是作者的散文遗珠，更是我在阅读这本集子时脑海里时时闪过的念头。我在日本东京早稻田大学访学时，经常一个人漫步在东瀛的大街小巷。对于作者这些细碎入微的描述很有同感，日本文化的美学及其美育都是在生活之形中濡染心之形。用作者的话说，就是以素裹心才能触及生命的根基。我们现在也在不断提倡美育，但并非单纯地学学书法、绘画或者声乐就可以全民普及美育或习得美感。所有的美学皆源自生活，深刻的美感也离不开连续性时空里文化的熏陶。作者是日本伟大的画家，更是日本传统文化的守护者和热爱者。正是因为他拥有一种众人无法超越的独特性情，故而其画作才独有深意。正如他在书中所言："从少年到青年，有些东西是不变的，这些不变的东西甚至会贯穿人的整个一生。它们会在人的意识深处长存，关乎存立。用我们日常之事来说，这就好比画家的作品。画家一生中的作品会不停地发生改变……在真品中，不论画家的画风如何变化，他那特有的气氛都会存留。"画作如此，写作亦如此，哪怕阅读译作时，对金原先生不变的艺术性情可窥一斑。

认识译者也将近十年有余，他从大学本科直至北大博士毕业都在学习和研究日本语言和文化，在日本留学访问期间他也对东洋文化有很深的体会和感悟。从本书行云流水般的译文可以看出国强对日本文化的深刻认知以及高明的汉文翻译素养。尤其这本书中动辄出现韵律极强的短歌俳句，他字斟句酌，对原文进行信达雅的处理，给读者提供了很好的了解日本文化和美学的平台。作为一名高校艺术史专业的老师，我经常碰到国人将美术与仕途捆绑一起，将艺术和生活二元对立的场景。世人眼中似乎搞艺术的人不可以沾染俗人的烟火气息，然品读这本译作我们对此偏见可以大为改观。只有在日常实践里，才能打磨培养我们的心性，而美育性情便根植于所有的日出日落中。阅读这本书，一个热爱故土、钟爱国风的日本昭和年间画家的形象跃然纸上，他带给我们的不仅是家国情怀，更多的是对和风之美的情话絮语，这些美的告白细致入微，自成一番风味。除此之外，我们通过其笔触感受到的金原先生对文化和美学的感悟是贯通中西、超越国界的。我愿意将他推荐给众多关注日本文化和中国传统的学界人士，也想让更多旨在提升自己审美情操、呼吁国民美育的社会各界人士随着作者一起将艺术的趣味熟稔于心。

这是金原先生的第一本随笔集，他取名"春炉"，让我联想到冬末春初日本暖乎乎的被炉，它散发着永无止境的乡土气息，也能让身处闹市的人静心品读目光所及之美。阳春三月，樱花含苞，西子湖畔，遥想西泠印社也有傅抱石先生莫大功绩，故拜读其师金原老师大作，犹觉字里行间透露着真率自然、敛放自如，或茂密或疏朗，端凝浑穆之间古雅之风扑面而来。受国强所托，欣然作序，成人之美，美人之美，更想美美与共。让我们一起翻阅本书，感受春天到来的迹象，它的美隐匿在蠢蠢欲动的山林、篱笆、远处的天空以及幼时的脸庞中，更跳跃在每一位在故乡或在他乡的寻美、懂美之人的心间！

王瑞雷

浙江大学艺术与考古学院研究员、博士生导师

目录

形

一

某个星期天我在郊外电车上。天气很好，车上有几对夫妻带着孩子。我略感疲乏，无心翻阅所带书物，只呆坐着。一场有趣的设想开始在我脑海中发酵。我在根据父母的脸形组合孩子的脸形，然后与孩子的实际脸形相对比。然而，自己的设想总是与实际相差较远。设想中的脸形难免有僵硬之处，毕竟我既不能将父母的脸形彻底解构，也不能将父母的脸形无障组合。设想中的脸形经截取糅合之后，余痕杂陈，窘迫不已，总是无法自然融合。造物之力可谓自由自在，且不失奔放。单是盯着孩子的脸看时，可能难以察觉，一旦亲自尝试后，其中的自由与奔放之处令人咋舌不已。

按照孟德尔遗传规律，遗传的稳定性较高。大体来看确实如此，但是具体到个性之处，孩子的相貌则是奔放而又变化自在的，且不失父母的主要构成特征。不过，经过了几近彻底的解构与组合之后，父母与孩子之间也可以说是毫不相像。世间如父母与子女之间脸形相像而又不像，即，似异共存的情形并不多见。虾与虾之间的脸形就谈不上相似与否，人们一般也无心刻意辨认。相似与否得看机缘。

世间亲子之间的脸形可以说是最具相似相异性的。其中尤其是人类的亲子之间，其相似的程度与相异的程度可谓同等强弱。其实在马、鲋鱼的亲子间脸形上也有相似相异之处，不过这方面尚有众多不明之处。电车摇晃中，看着眼前这几对父母与子女们的脸形，我停止了这种想象。自然的形状才是最周到的安排。美妙的东西或许总是会以不可抗的形式出现。

二

我把视线转移到车窗外，看到的是武藏野的树林。这些树木背后无遮挡，躯体宛若浮于空中，格外美丽。原本浮空之物就颇具美感。浮着的有树，有芒穗，有电线杆。最远处的富士山也如浮着。穿越八岳山山麓的铁路线是从中央线分出来的小梅线。由于路线本身比较高，坐在车中，如同浮于空中，身体也轻快了不少。从窗口往外看，以为如此高处无景可寻时，映入眼帘的却是远处那浮空的富士山。景色有些突然，却也让人内心为之一振，宛若梦境。假若富士山背后有遮挡物，无法形成浮空感，自是一番别样感受。

谷底溪涧，不论何物，背后皆为山势。空间被挤压，不见高远越顶之物，皆是局促之形。幽闷之余，不见高迈。

然而，日本美术在这之前所关注的形状，既不是背后的填充之物，也不是背后的通透之处，而是倾斜的地形。日本文化自古就赋予倾斜的地形以丰富的内涵。日本最古老的建筑"天地根源造"便形成于倾斜的地形上。平地上的建筑得考虑采光与排水问题，而倾斜的地形在这方面具有天然优势。古代那些仅用于休息睡觉的建筑物中，以排水为首要考虑，采光次之，对此，倾斜的地形是不二之选。不论是东海道还是武藏野，抑或其他地方，山地都是相关文化发展的源泉。倾斜的地形这一形状也被应用于日本其他各处。在日本的绘卷、来迎图（与佛教相关的图）中，倾斜之形都是人们欣然关注之处。当降低身体的重心观察时，近在咫尺的一两束小草也会宛若浮于空中。在平原地形上，只有远处的树林才会有浮空之感，而在倾斜的地形上，近处的东西亦会给人以浮空之感。

　　倾斜的地形是经挤压后的平地。倾斜地形上的一切，跟山地一样，背后被填满，且与填充物之间距离极其接近。故而倾斜的地形便是这种被填满的山地之形。在佛像设计、佛像背光处理上都有利用这种倾斜地形的属性。

三

　　日本刀的形状与中国大陆的青龙刀和中国台湾的弯刀相比差异甚大。青龙刀、弯刀等形状也是与其功能相结合。只是相比较而言，日本刀在结合方式上有其独特之处。

　　这与日本画与中国画之间的异同关系有些相似。日本的刀形充斥着一种倾斜地形的属性。在倾斜的地形中，随着视角的高低不同，事物会变幻出不同的形状。日本的刀形虽然与功能相结合，但是如此外形无疑显示出我们的观察视角。观察视角不同，其所产出的形状亦不同。那些国外舶来的想法，虽然一时新鲜令人愉悦，但是一两个月之后，便会让人疲劳倦怠。只有自己视角中产出的形状才会常存。屋顶上放置怪兽形状，呈以浮空之状，于中国可能比较合适，但于日本却未必能长久。日本之形是稍显含蓄之形，会随着视角变化而变化，即，所谓倾斜地形是也。

《帝国大学新闻》　昭和十二年一月十一日号

美　术

一

美与实用是性质相反之物。美并非世上必需的存在，但若仅有实用，这个世界将黯然失色。出于缓和之效，美便是必要的。只是，我们不能对美过度追求，过度则为奢侈。美不过是在装点实用，为其锦上添花，美附属于实用。如此便是世人的一般想法。

换个角度，如果将美从我们周围直接剔除出去，又将如何呢？食物有营养就可以，味美与否无关紧要。当然若有营养却难以入口的话，那么食物跟药物可能也就没有分别。若和服只要能阻挡寒暑即可，材质与花纹以及肌肤触感都不必考虑，日本民众们只需生产并穿着材质相同、质量相同的廉价衣物即可。只是，此等衣食人们又能忍受几分？

事实上，环顾一下我们的实际生活便会发现，比起食物是否富含营养，味道无疑更受人们重视。择食先择味。一般认为，味美者不仅营养好，还可促进生理消化液的分泌。不仅食物如此，衣住方面也同样。选择衣服时，人们首先关注的就是它是否美丽漂亮。形状上的美观程度构成人们极其重要的判断标准。由此便可知，美并不附属于实用。美与实用是不可分离之物，它是可以让实用得以保鲜的存在。正因为有美，实用才得以受用。因此，美本身就是实用得到受用的一种方式。实用的成立源于其受用性，而受用之形当是美之形。美成全着实用。无美便无实用。只有且只能通过美，实用才可能成立。无美之实用如同服用苦口药那般，只有予以极大的忍耐才能暂时性地成立。在实用之中，美不可或缺。实用本身立足于其与美的不可分离性。

二

虽然美术可以让美与实用暂时分离，但是所谓的美术却非孤立存在，它会与宗教、道德、建筑、学术等结合。宗教、道德或者学术中若没有美的存在就甚显单薄。植物学中插画之贫瘠就曾令植物分类学者牧野富太郎慨叹不已。美术也直接存在于人们的起居生活中，与人们的室内生活相结合。其中结合得最密切的当属工艺品，工艺品将美与实用不可分离地结合在一起。从室内装饰、采光、配色到生活中的方方面面，二者的结合范围不断在扩大。可以说，在近代，美已然是一种普遍性的存在，已经成为影响人们生活的一大力量。没有美的生活，只会让人感觉不完整。

三

我国民众自古以来就存在着如此这般关于美的认知立场，人们在实用与美不可分割的基础上创造着作品，丰富着生活。在推古时期（593—628）到奈良时代（710—794）的遗物，以及物语、随笔中，经常可见这种认知立场。日本是世界上历史最悠久的美术之国之一，且当今美术之国可谓是西洋法国、东洋日本。日本以持久力见长，这种持久力也体现在美术层面。一般来说，与生活相分离的东西难以持久。日本美术的长久持续显示出其与民众生活的紧密相关性。而若置美于不顾只追求实用的话，不仅相关受用性低且持久力也弱。从这点可见日本生活可谓是常与美相结合。这是美与生活的长久紧密结合向我们诉说着我们的生活如何得以持续，又是如何得以充实的。美术工艺品及其使用过程映射出的是我们国家的精华之所在。在实践持久的世界中，它们展现在我们面前的是一种美永驻的历史。那里藏着了解我们国家性格的钥匙。

　　然而，在我们国家关于美的教育中，人们却误认为美就是一些琐碎的小技能，或者说是与现实生活相脱离之物。如此认识，与美的本质背道而驰。只有从本国历史、从现实生活中思考美时，美之教育才可能真正开始。

《帝国美术》 昭和十二年六月号

日本的视点

一

《万叶集》是最具日本特色的诗歌集，然而《万叶集》中有很多素材来自中国，并非完全是日本的东西。除《万叶集》之外，类似情形不胜枚举。于是，有人可能会质疑，这些东西真的是日本的东西吗？若是将文化归结为某项单一文化素材的话，可能世上没有哪个国家是可以依靠该国的单一文化而立国的。与他国不曾有任何交流沟通的国家尚未听说过。如果从国与国之间是否存在交流来界定的话，不仅日本没有日本自己的东西，希腊也没有自己的东西，法国也没有自己的东西。我们的身体亦是如此，如果单纯地从素材角度来看的话，我们的身体都是由外来素材所构成，其构成部分其实是动物性的、植物性的东西，唯独没有属于人的东西。可谓是，尽皆食物之躯，不见人之躯。

关东人用浅底的器皿来装大分量饭菜，而关西人则用深底的器皿来装大分量饭菜。关东与关西之间，风格不同。即便所装之物同样都是煮物，也各有差异。然而，正因为同样都装煮物，所以才要区分出个"关东风格"与"关西风格"。所谓"风格"就是一种态度。日语中的"的"字表示的也是一种态度[1]。"日本的"就是在讲日本的一种态度。

二

日本自古就有人造假钱。于是有人会认为，假币制造是日本自古而来的风格，是日本的东西。然而，事实并非如此。自古以来的东西并不能说是日本的东西。所谓日本之物应当是符合日本民众意志之物。在日本，即便有那么一小撮人对假币制造有诉求，但是这也绝非日本人的整体意志。日本的诉求意志不在于假币，这点尤其体现在人们对其坚决杜绝的态度上。自古而存之物并不能说是根本性的存在。人们似乎倾向于认为，越早诞生之物就是越自然、越根本性的存在。但是，真正根本性的内容只会在实践积累的过程中愈发浓厚醇香。它有着不断被实现的诉求，它不表现于先后关系之上，是立足于整体的诉求倾向上。

三

人总是倾向于轻率地做比较。评鉴书画时，为了说明今年的展览会做得不尽如人意，有人就会拿过去的名家与作品等来做比较。比如，过去有宗达、云舟，现在却没有这样的名家云云。然而，这里有视角上的错误，这是在用昭和十二年（1937）这一年跟过去的一千年在进行比较。如果用昭和十二年与天平十二年（740），或者与文化十二年（1815）比较的话，可能还有一定的

---

[1] 日语中的"的"是形容词词性的一种标记。——译者注

合理性。但是要用这一年与过去所有的历史进行比较，无疑是有问题的。如果一定要让这种比较成立，则需要站在特定的立场之上，比如旨在刻意刺激今年的作品等。诉求的变化会引起人们视角的变化。

　　有次陪同孩子参加小学的入学体检活动。有个小孩死死咬着木板，不给医生看牙齿。看着哭闹不止的孩子，孩子的母亲也是一脸窘相。在这种不知所措的氛围中，感觉她自己也快要哭了出来。我不忍注视那个母亲。孩子们也在同情哭泣的孩子。父母亲之间，孩子们之间都在相互同情。其中亦是各有立场。

　　家里的小孩子有次爬到枕头上玩弄戏要。结果枕头破裂，露出了荞麦皮。孩子说道："啊啊，是枕头的种子！把它种下去的话，就会长出个枕头来吧？"说到枕头，还有一则故事。有一名青年自杀身亡后旁边恰好有个枕头。医生说，枕边有经食用的碘渣，应该是服用碘而致死的。我虽然不知道食用碘是否会致死，或者一定量的碘是否会致死，但是如果仅凭碘渣散落在枕边就认定服用碘是其死因，有失妥当。那名青年长期神经衰弱，我觉得他很可能是在把碘当强壮剂服用。对于医生所讲的枕边死因，我说道："假设他有意轻生，除了饮用枕边之物外，是不是会首先考虑'饮枕而死'呢？比如将头闷在枕头中窒息而亡呢？"医生闻听此言，笑言道："这怎么可能？"只是，从理论上的可能性来看，这与"饮碘致死"之间并无分别。

　　东京有次下了场难得一见的大雪。有个学生就说今天的课想请个假。"为什么呢？"我问道。"因为下雪了心情舒畅，想出去写写生，走走看看。""你没见过下雪吗？""嗯，第一次见。"他说他来自鹿儿岛，第一次见到雪，况且又是鹅毛大雪。"那么，你们那里不下雪吗？""不，也下过很厚的雪，都堆到眼前了。""那这样的话，大雪也没什么稀奇了吧？""没有，很稀奇的，这雪是从天上落到眼前，然后消失。这与雪从地上堆积到眼前是不一样的。"他回答道。这也体现了视角上的不同。新宿停车场有一句提示：请在白线中等待。所谓"白线中"，指的是白线与电车之间的区域呢，还是从电车上看到的线外区域呢，其实并不明确。事事皆有视点，视点背后各有诉求。

四

对逻辑上的矛盾予以担心是多余的担心。当今关于上代的研究中，有恐于逻辑矛盾的态度似乎过多。人们总觉得只要把矛盾化解，研究就会成立，然而这并不正确。矛盾才是生命体的常态。矛盾既非自身之不合，亦非混沌之不清。在某种程度上，积极承认矛盾的存在、认真分析其内在诉求，才是文化研究应有的形态吧。在现代的研究动向中，各种方向相互交错，矛盾无处不在。只有挖掘出存于矛盾中的时代诉求，方为文化研究之形态。

朋友的桌子上摆着一个玻璃老虎。边聊天边观察时，发现它眼睛深陷。虽然深陷，但是不可思议的是，那里反而使眼球愈发凸显。凹陷状直接转化为眼睛的形状给人以凸出之感，形成了一种补充作用。在这里将这个消极的空间充实起来的就是人们对于凸显的诉求。此时，凹陷处呈现的不是凹陷的形态，而是诉求中的凸显形态。在人们的潜意识中，越是凹陷之处，就越是想要让其凸出。这种诉求最终构建的不是凹陷感，而是直接形成凸显感。这种诉求在对立、矛盾中更加明显。东洋文化中常见这种逆反效应。比如，以简约为表达中心者是如此，以"断舍离"体现生活深度者亦是如此。西洋舞蹈与东洋舞蹈也有类似层面的分别。西洋舞舞者的身体都处于动态中，然而，日本舞舞者的整个身体则经常处于静态中。对于这种静态予以补充的便是对于舞蹈自身的诉求。静中所展示的诉求之形便是动之形。还有，西洋画与东洋画中也有相近之处。西洋画是立体的，东洋画则是平面的。在平面与平面之间切换的就是东洋画，所谓立体源于平面。即便是在日本的戏剧中，也是男人饰演女人。当男人饰演女人时，只有正面看才是女人，从侧面看就不再是女人。舞台上的女人，即，正面视角下的女人，也是如同雕像般的女人。这便是通过平面来表现立体感的日式诉求。补充不等于补实。有缺失才会有补充，补充源于缺失。日本便是将这种逆反效果立于根基之处。

　　雕刻会根据观察方向的不同而显现出不同的轮廓。无限的轮廓是雕刻的特色。画面的轮廓线条是限定的，而雕刻的轮廓线条则是不确定的。换言之，雕刻的立体性就在于线条的多样性。人的动作亦有类似于雕刻的立体之处，难以直接刻画。因此，为了能够有效刻画，我们会将这种多样性表达限定在某一个方向上，即，将动态内容转化为静态表达。而且，动态的内容，即便是同一个方向上的也有着很强的立体性。对于这种动态立体性进行最大化的平面展示就是我们的作画技法所追求之处。

相扑选手与运动竞技选手的脸多是呆滞的。梅之谷的脸其实也是非常呆滞的。但是一旦踏上竞技舞台，表情就立马生动起来。有一次茶人会时，宗家的茶人们就座列位时，表情慵懒。然而，茶上来后，将其拿起之时，众人态度瞬间一变，氛围立马紧张了起来。大家的肩形、手形、腰形都统一到了一个平面上。这种美妙之感也是基于强大的平面化展现。无表情的表现方式中展示出一种深度表情。

戏剧中对义太夫的刻画亦是如此。表演者一边讲着话，一边把手伸出，将茶碗拿到嘴边，这一举动平稳沉着。像我这样不关心义太夫的人，虽然不知道义太夫为何人，但是通过这一个姿势，立马感受到这个人的地位。如此动态过程中展现的也有表演者的演技水平。举手投足之间，整体表达获得清晰定位，这就是艺术的姿态。所谓"格"，就是这样一种简约的态度。

素材，比如漆、釉、纸、语言、动作等有素材自身的独立性。但是如果展现力度过强，就会变得立体化。日式处理方式不是将其拔高至立体位，而是通过平面置放来进行处理。显眼的颜色容易凸显于眼前，而像灰色那样的颜色则容易产生距离感。因此，有些颜色不会直接前置，会一律处理成灰色，以便产生距离感。如此便是日本表达。

五

因此，所谓何谓日式内容，终究是在探讨日本是以何种态度将文化体系化，是将日本的视点置于何处的问题。

庭院里的树木在生长、茂盛、叶落中，不停地变换着姿态。

艺术之成立在于如何对画的素材定形定位之处。庭院里的素材自身独立性强，非创作者所能左右。由此形成的庭院组织是否说得上是艺术呢？或者说，这样一种立体性存在是否能够说得上是日本艺术呢？庭院里的素材有着自己的变化规律，其中变化已然为人们所预料。它们不是我们自己从头创作之物，对于它们，我们首先要予以肯定，然后在肯定的基础上反复进行自我否定。在肯定中进行否定，在否定中进行肯定，直至将其实现为平面表达，庭院才会成为艺术。尤其是，在日本，人们对庭院的认知不以花卉之物，而是以常青树、石头、苔藓以及土等为主，这些都是基于平面化视角的。将视点置于该方向，即便素材中多是无法变更的自然之物，亦可感知其画面定形的过程，同时，亦可跳出素材的问题，感知到日式内容是以何而立。（五月七日）

《实践国语教育》 昭和十二年六月号

背　后

一

去年《朝日新闻》放映的节目中，有个鱼市的场景。一个叫李达的人，用他那魔性地舞动手臂的方式让鱼价节节高升，令人着迷。但是，在李达背后自然有一个更加强大、更加根本性的李达存在着。在认知判断中，只有看透背后隐藏的力量，才能形成合理的解释。

二

把茶碗放于手中时，小茶碗有小茶碗的魅力，大茶碗有大茶碗的魅力，在掌心的手感各不相同。形状对于手感有很大影响。然而，在图案设计者的意图中，不乏外形好看、装饰优美，却缺乏亲和力之物。陶瓷工的作品就有一种易上手的亲近感。大壶等物品端起来便知道是否称手。日本与朝鲜对于这种手感的认知就颇有差异，朝鲜的物件更富棱角。

如今的国语研究似乎就在剥离着语言上的亲近感。为了说明某些事情，人们经常会创造一些意义不明朗的表达，总是会写一些不明不白的文章。这些语言如同放在手中没有亲和力的陶器那样，并不成熟。造新词并非好习惯。且不用说外形，连装饰上都要大加讲究，这跟图案设计者们设计的陶瓷可能就没什么两样了。语言之道也应当追求一些平白通俗。

昨天，京都的一个友人来访时，在杂谈中说到，如今的教育已不再教那些近在咫尺的东西。比如在教与水相关的课程中，孩子们只知桶可以运水，却不知笔也可以运水。这个想法倒也颇具新意。

转眼一看，突然发现我旁边的玻璃障子（日式房屋中的可拉式门）边飞着只苍蝇。这只苍蝇刚才就在这里，一直试图往前飞以逃离此地。但是它却不知，其实只要改变方向转为后退，就可以成功飞出。只要退一寸就可以从障子里解放出来。如此简单的道理，于它而言却是非常困难。鱼儿也同样，水晃动的时候，鱼儿会逆着水流游，总是会不停地向着上游去。它们总觉得向前走便有更加安逸之处。人也有这样的倾向，总觉得往前走就是对的。造词癖恐怕亦同理吧。

三

我从孩提时代就不擅长玩游戏。我的风筝从来没有飞起来过。我的陀螺也总是很快就停了。我经常会停下来看周围小伙伴们玩耍。这种旁观者的态度最终造就了现在的我。今年上一年级的孩子也跟我差不多。他在学校待了一个月了，什么也没干，只喜欢在一旁看着班里其他小孩们玩耍。手工课时，他会把老师给的手工材料原封不动地拿回来。手账里也不写东西。玩耍的时候也独自一人，没有伙伴，没什么适应性。如此想来，当今的教育有些过于强调以适应性为中心了。没有适应性的孩子只能木讷地待着。我在孩提时代做的事情，我的孩子依然在做。

四

日本没有原材料。日本工业的发展依赖于进口的原材料。其中不可或缺的就是人们的忍耐力。日本工业公司的设备折旧率之高，颇为罕见。日本的人造丝工业之所以能够突飞猛进，工厂的易改造性功不可没。人造丝的制作方法每十年就会发生变化，每次都会伴随着机器装备的更新换代。为此，人们不得不提前为新装的机器做好原价折旧的工作。如此一来，股东的股份不得不减少。与此同时，股东们是否能接受并熬过这些困难成为问题的关键。由此来看，日本的人造丝与纺织业的兴隆是以股东的忍耐为基础的。

日本生活的根基在于"坐"这一行为上。日本人习以为常的坐姿绝非轻松的习惯。屈腿入座对很多人来说是很困难的。坐在椅子上着实非常轻松，屈腿而坐却很难。但是屈腿而坐有益于提升腰部肌肉的力量。日本人在游泳上的优异表现可能与此不无关联。西洋的水雷艇是先设置座席，再放置器械。日本的水雷艇则是先设置器械，再设座席。人们可以长时间蜷缩在艇内的各种地方。日本的水雷可以说是基于这种忍耐之上。

忍耐是阴影中的生活方式。这种消极的行为也有可取之处。日本的语言也是以这种忍耐为中心的。《小学国语读本》卷九的文言语言就缺乏力量。今泉忠义曾说，其原因就在于没有使用"つ"与"ぬ"等古文中的助动词。将"つ"和"ぬ"都改为"たり"，对于不喜欢文言文的孩子来说轻松了不少。相比起"たり"而言，"つ"和"ぬ"总有些拗口。值得注意的就是，反而是这些窘迫的语言表达，发展出了简明的日语语法。正是这种忍耐，让语言劲道十足。

<h1 style="text-align:center">五</h1>

我的个人经验告诉我，在讲课和讲演时，要是观众从头到尾都在埋头记笔记的话，说明你已经失败了。早川雪洲[1]有次说过，如果看戏的观众直到戏剧尾声都靠在椅背上的话，那说明你已经失败了。你必须吸引大家不由自主地向前倾斜身体。

木村泰贤[2]丧子后非常悲痛。有人就问他："既然你是研究解脱哲学的，为什么不能从丧子之痛中解脱出来？"木村不悦道："正因为如此，悲痛才愈发沉重。"生活藏于背后。

<h1 style="text-align:center">六</h1>

"金原"是我的姓，读作"きんばら（kinbara）"。同样都在信州（长野县古称），似乎也有地方将其读作"かなはら（kanahara）"，不过，我所在的地方读的是"きんばら"。但是，"金"用于姓时，如像"金子""金森"那样被读作训读音[3]，即，大体上都会被读作"かなはら"或者"かねはら（kanehara）"。此时，日语汉字"金原"二字可以构成区分效果，但是读音自身并不能构成区分效果。所以，发音相同的"禁腹""斤肚"则与我无关。外国人在提起日本时，经常会问日本是"ニホン

---

[1] 早川雪洲（1889—1973），日本著名电影演员，代表作有《欺骗》《桂河大桥》等。——译者注
[2] 木村泰贤（1881—1930），日本研究印度哲学及佛学的权威，著有《印度哲学宗教史》《印度六派哲学》《原始佛教思想论》等。——译者注
[3] 即日语固有的读音。——译者注

（nihon）"呢，还是"ニッポン（nippon）"呢？氛围轻松时可讲"ニホン"，郑重时可讲"ニッポン"。大宾令之前曾说过，对内称时为大八洲，对外称时则为日本。白乐天的《长庆集》里有"日本、新罗"等词，《万叶集》《纪》里也出现过日本，意指"东边的日出之国"。由此"日本"二字定形。不过，它的读音却是强弱不定，以罗马字书写时，有"ニホン"与"ニッポン"之分。面对这两种读音，有人提议保留一个。但是，如此一来就意味着是罗马字书写在左右着日本人的情感。如果非要将二者统一的话，那何不将二者都写作"日本"二字，如此便达成统一。况且"日本"二字并非复杂的汉字，记住两个这样的汉字亦非难事。自己不做出改变，却试图改变他人是很难的。

七

十三四年前，在乡里的青年会上，在同他人评论乡里出身的大臣 O 氏与岛木赤彦[1]老师时，我说过，大臣 O 氏在死后二三十年便会为人们所遗忘，但是，对于岛木赤彦老师，只要日语这一语言不消失，他的名字将会永驻人们心间。此言一出，引得众人哗然。赤彦老师在大正十五年三月过世，O 氏则在此时垮台。岛木老师的名声现在已超过 O 氏，其中不无文学的功劳。以前岛木老师在世时，我一直叫他久保田老师。但是，不知何时，我的家人们也开始称他为岛木老师了。久保田俊彦是户籍里

---

[1] 岛木赤彦（1876—1926），曾师从伊藤左千夫，创办杂志《比牟吕》，任《阿罗罗木》主编，是当时和歌界的中心人物。代表作有《柿荫集》《冰鱼》等。——译者注

的名字，而岛木赤彦是其文学笔名。如今他的户籍名字已被文学之名掩盖。人们不是把久保田俊彦叫作岛木赤彦，而是把岛木赤彦叫作久保田俊彦。

在国文科上学的长男跟我说，他的一名同学的毕业论文以伊藤左千夫[1]为研究对象，想向我咨询，不知是否方便。完全方便，既然是左千夫老师，我愿意同他聊聊，我回答他。左千夫老师已经开始成为毕业论文研究的对象，让人不由得感叹时光飞逝。老师之所以留名于世不是因为他是牛奶店的主人，而是因为他是一名和歌人。他的语言文字之力在他身后仍旧持久。

《实践国语教育》　昭和十二年七月号

‧

---

[1] 伊藤左千夫（1864—1913），本名伊藤幸次郎，进入歌坛后，改号春园，名左千夫。日本近代短歌创作的巨匠，也是日本著名小说家。代表作有《野菊之墓》《邻居家的新娘》《春潮》等。——译者注

平　衡

一

报纸上刊登了教育者的不轨行径，一时成为众人之话题。有些人辩护道，教师也是人，由此责难教师并不合理。实业家、艺术家、驾驶员或学者等人的不良行径为何不受谴责，为何教师要受到如此非议？从理论上讲，确实如此。然而，教育者的品行不端与实业家的品行不端并不属一个层次。后者并未向世人传授品行之道理，即便他们不够完美，也不构成其致命过失。但是，就如驾驶技术不过关的驾驶员、拙劣的画家无法立足那样，品行不端的教育者必将成为大患。教师的品行，如同实业家之事业、艺术家之技术、学者之法律素养。那些由警察化身的强盗与豆腐店里见到的强盗并不在一个层次。

当今社会上，人们也只会对教师的品行如此关注。教师的骄傲莫过于此。若教育者自身反而以此为负担的话，那么教育也就丧失了意义。以前有个同级生因品行不端而债台高筑，朋友便帮忙筹钱。这样的事情真的有必要吗？我听闻之后有些气愤，这不是依靠帮忙能解决的问题。

二

如果不是打出生起就接受语言的熏陶，无论如何努力，我们都将难说一口地地道道的外语，我们所讲的法语终归是日式法语。因此，会一门方言比会一门外语更加宝贵。我生在东京，不懂方言，我晓得方言的组织结构，却不晓得方言之味。此乃吾之大不幸也。语言学者 K 氏曾经如此这般深切感慨过。

三

西洋的社会阶层相对比较稳定，学校组织等也比较稳固。一般来说，底层劳动者的孩子进不了上流社会的学校。不过，日本在这方面却有较大的流动性。所以，西洋少有勤奋好学的学生。即便在法兰西，普通人想当医生或律师会比较困难，这一切都取决于社会本身的属性。因此，西洋社会可以孕育出破坏性的革新力量。但是，与此相对，日本社会则是在模糊的阶层流变中保持平衡。这种性质也见于日本的语言当中。

四

查看《大日本国语辞典》可知，关于日语的助词"に"记载了十二个意义。十二个意义不尽相同，各有所指。一个助词，十二个用法，不可思议。

一、指相对立的事物。

二、表示地位方向所在点位。

三、表示时间点。

四、提示场所，表示存在的意义。

五、表示比较之意。

六、提示事物变化后的点位。跟"と"相近。

七、表示添加到某点位之意。

八、表示并列到某点位之意。

九、表示"根据""目的""缘由"等意。

十、表示"关于""就"等意。

十一、接在各种词的后面形成副词表达。

十二、表示转折之意。

将这些整理一番后，可以发现一些规律。

1. 表示特定点位：一、二、三、四、五、十、十一。

2. 表示移动的终点：六。

3. 表示附加到某点位上：七、八。

4. 表示目标点位：九。

5. 表示违反意志：十二。

其中，2 是通过移动产生的特定点位，与 1 中自身就是特定点位之间虽有差异，但可以将二者合并。从特定点位的角度来分析，3 的附加之意也可归结于某一特定点位，可以与 1 合并。3 所示附加之意与 4 所示目标之意相近，都是通过移动来完成，因此可以将其与 2 归为同类。由此，从大方向来看，有静态点位与动态点位两类。

1. 静态点位：一、二、三、四、五、十、十一。

2. 动态点位：六、七、八、九。

此外，还有因违反意志而无法产生的特定点位。由此，便可以得出第三个分类。

3. 不可能产生的点位：十二。

由此可见，虽然该助词大体上表示特定点位之意，但是其中同时包含与之相反的、不可能的点位等，在表示特定点位之余，同时囊括着无法形成的特定点位等。故而，该助词所示点位之意可谓范围广、种类多。我们的语言正是在这种不稳定的流变中，获得平衡，逐步成形。

五

说到变化，我的故乡，信州的大町等地，近些年也发生了一些根本性的变化。大町为日本阿尔卑斯山登山爱好者们所熟知，是位于山脚下的小城。大町东西分别流着不同的河流，东边流过来的是木崎湖的水，西边引入的是高濑川的水。即便在夏天，这里的河水也十分冰凉。小城里的人们对这儿的河流报以无比的信任。若是在早上稍晚时出门，大约在清扫庭院的时候，就会见到人们把垃圾、虫子的躯壳以及各种各样的废物扫进河里。住在河流的上方的我们家也是如此处理垃圾。由于周边是沙地，没法打井，没有泉水，小城里的人们平日用的也是这河水。警察等人有时也会来劝诫一下，但将垃圾倒入河中的风气却不曾有减。倒不是因为邻里乡亲相互间已经亲密到不用在乎下游居民想法的地步，最主要的原因还是在于人们觉得河流非常干净，相信即便汇入垃圾，河流也有能力将其净化。对于这儿的河流，人们是如此这般地信任。

六

大町的小孩一直认为西边的山丘，即所谓的日本阿尔卑斯山，不可翻越，总觉得西边众山是不可抗的。小城曾经发生过一次大地震。母亲想到，连大町的地震都到了如此地步，不知东京会是什么状况，于是便一下子瘫坐在屋檐下。大町是个相对安稳的地方，孩子们却待在危险的东京。在母亲的眼里，东京才是真正不安全的地方。我是从诹访到小城里的养子。养父不太信任我，村里的人也不太信任我，妻子也经常对此很是苦恼。后来，这个小城里通了铁路和汽车，有了自来水，深山里还有了东京电灯公司这样的大发电所，翻过西山而来的人也就越来越多，人们的见闻与价值观等也在发生变化，养父母双双离世后我自然也成为户主，亲戚们也开始认可我，小城的生活方式变化了很多。原本这里沉默寡言之人居多，朝夕生活在坚固的大山中，内心只会愈发沉闷。而如今，令大家恐惧的大山逐渐变成可供人们利用与游玩的大山，人们的想法自然也变化了不少。

七

　　大町市北有一个若一王子神社，里面有德川末期（1711）的三重塔。虽然是德川末期的东西，但是非常漂亮，塔中有木雕的佛像。很久之前，其中一座像因后面的庄稼地被烧掉一半。烧毁后佛像体内的小佛像还被人取走。据说在那之后不久，小城里有个人贴在墙壁上喊着烫啊、烫啊，然后就被活活烫死了。木崎湖结冰时，湖面上会有从北边海上飞来的鸟。人们改造高濑川的石坝时，发现里面有很多燕子在冬眠。一些像天鹅那样的大的鸟沿高濑川上行时会被人们抓住，人们不知道如何喂食，结果鸟给活活饿死了。据说这些鸟是从北边海上飞来的，标本制作店会随意给它们起名字。另外，商人也会售卖电气水，一种把电溶于水中的罐头。每到夜晚，造丝厂的院子里最是红火。薪柴堆得比房檐都高。柴火木头比较坚固，轻易劈不动。薪柴都是从西山上砍来的。数十个女工围成圈跳舞。薪柴的上头升着圆圆的月亮。像凡·高的画中所描述的那样，砖瓦墙围着的院里，被囚禁的人们围成一圈。画里的气氛可能会沉闷些，但是女工们的舞蹈却是端庄美妙。每到傍晚，孩子们会匆忙赶往家，说是有观音菩萨在领路。那背着佛像撞响暮钟的男性旅人就是观音菩萨。孩子们都是这些女工们养大的。小城的命运似乎是由女工们肩负着。

八

我去了趟信州北边的温泉镇，就那里的平安时代（794—1185）的石佛做了次演讲。石佛坐落于山丘中腹部。我踏着雪来到山丘上。雪冻得很结实，踩在脚下有声响。远处群山耸立，直刺寒空。那是大町的西山。我想，将来要住在那儿的山下，继续我的研究。之前我已经购置了必要的书物，应该足够我在那里度过一个安静祥和的晚年。我把在东京要做的工作和在大町要做的工作进行了区分。闲来畅想，可谓我一大乐趣。从这个山丘之上眺望着远处西山的雪，我甚至想到了自己将来墓地的样子。（六月二十七日）

《实践国语教育》 昭和十二年八月号

心之形

关于旅游，我不是心劲特足的那种，如果不是有演讲或者特别原因的话，我几乎不会出去旅行。不过，最近每逢春天我都会带着学生去近畿地区进行三四周的古典美术观摩旅行。夹杂在热情洋溢的学生中间重新去观看那些古代的美术，总是有新的发现，这也是我的一大乐事。不过，这种出行与其说是旅行，倒不如说是研究室工作的延长。我比较喜欢室生寺。室生寺位于深山里，得从伊贺上野那边进入。在寺院里，樱花在深垂的枝头上绽放。观摩学习大体结束后，当学生们进行素描或远眺时，伴着远离东京的惬意，我静坐于石头上，欣赏着这片山峡。有一束樱花映入我的眼帘。扑面而来的樱花，让一些已然忘却的事情开始回荡于脑海，让一些身影在心底浮现。

> 樱开深山处，花景一束满入眼，一番心境生。[1]

樱花里寄托着念想者内心的感伤。林中山鸟声多，还有山鸠之声。父亲离开已经二十年了。本以为死后就不会再生了，然而，并非如此，深山里的寺院让我想起的是父亲。

---

[1] 原文和歌，在此简译大意。以下同。——译者注

　　山鸠声声时，父亲那在天之灵，恰似心间返。

　　山鸠之声，父亲之灵，两者间有什么关联，我也说不上来，但是脑海里那鲜活的身形似是受到了山鸠之声的邀请。到了夜里，枕边会有水声传来。深夜枕边的水声，隐约似是触碰到水之心。

　　夜深床枕边，川濑静静穿过声，可是水心乎。

　　这种打小就听惯的山川水声，在武藏野的平原里是听不到的。在岁月流逝中，这儿的声音让我回忆起那不曾有知觉的时光。"以草覆座，谓之曰庵。"庵就是最单纯的一种生活方式。经历过复杂的生活方式后，居住简朴，仅以草席为座时，心之形就是最直接的生活之形。

　　抛掉一切复杂构成后，流淌于生命根基处的东西就会立马显现出来。在生命的根基处可见一种和歌之形。和歌是扔掉一切外在装饰，触及生命根基时展露的一种感叹。如果以草覆席时，所映射的住宅之形是庵的话，那么，以素裹心时，所映射的心之形就是和歌之形。（七月二十六日）

《青鞜》　昭和十二年九月号

新　旧

一

　　飞鸟时代初期推古年间（593—628）的作品，比如中宫寺的"如意轮观音像"、法隆寺的"百济观音像"，一眼看上去，虽然是一千二三百年以前的东西，却丝毫没有陈旧之感。它们时代久远、制作古朴，近在眼前时却令人倍感亲切。以前就觉得高村光云氏的作品有些陈旧。绘画方面也同样，比起平安末期的《鸟兽戏画》而言，德川时期的狩野探幽以及谷文晁的作品更加令人感觉陈旧。把祖父的永德画与探幽画拿来进行比较的话，探幽更易给人陈旧之感。京都智积院的障屏画是否为永德画，尚不确定，不过，其脱落处众多，且有丢失之处，仅这点上，就颇有陈旧之感。但是，如果拿祖父的画来看，绝非这种感觉。画里是秀吉的桃山城，景色却似近在身边，并无沉重久远之感。画中所用素材都是我们周边之物。那画中寺院里的一角处有青色粗竹结成的篱笆，根部是红土，以及万年青。红土、青竹篱笆、万年青等都是桃山时代障屏画里的素材。此外，樱花烂漫盛开的感觉，与今日相比，不曾有所不同，反而常见于我们周边。花的正面朝前，充分展示出樱花绽放之感。这里蕴含着花的诉求。相比起花的形状而言，花自身的诉求在这里得到充分展示。画面一方面牢牢抓住这种实景，一方面又非常注意细节。如今，不只是美术，教育等也关注众多细节，但是，对整体诉求的把握却时常不到位。全局中兼顾细节，由此形成的美丽之物才越显静寂。好画多静寂，人亦如此。让人感受到生命孤寂感的画作才是好画，如此之人，才是优秀之人。

二

我们特别喜欢的东西中总会有一些特别的味道。让人喜欢的食物刚开始时一般都有令人生厌之处。然而，那种令人生厌之处最终却会变成吸引人之处。我们自己特别喜欢的东西中总有让他人无法认同的不可思议的地方。备受好评的探幽之画也是如此。探幽的障屏画中，树枝的弯曲并非平稳的弯曲，而是过于夸张的弯曲。其多出的蜿蜒曲折，像是生出的瘤子。这样的瘤子看久了，就想给它描个大黑点。在观赏者眼里，这种过度表现的方式有时会令人生厌。不过，这种厌烦之感并非一直持续。

传入日本的一些蔬菜中最初也有些不合日本人的口味的。起初，南瓜的味道令人难以接受、无法下咽。如今，这种怪味似乎浑然不见。当然，最为典型的还是西红柿。三十年前，西红柿的味道让人感觉奇怪，鲜有爱食西红柿之人。我以前跟朋友把学校菜园里的蔬菜挨个生吃了一遍。茄子、黄瓜、玉米等等，不管三七二十一都生吃过。当中最难吃的莫过于毛豆和西红柿了。只是，不知从何时起，西红柿已不再有所谓的怪味，其口感渐渐为大众所接受。因此，所谓探幽的画风，若将其看作花鸟画，与王若水风、吕纪风相比，恐怕只不过是四平八稳的画风，其过度表现的地方被悄然忽略。基于这样的同化方式，起初那些不为人所接受的内容便自然而然地在日本文化中得以确立。

三

　　智积院的樱花与枫树总是被反复修改着。它们不是从开始就有确定的形状，而是毫无顾忌、理所当然地在被修改着。然而，探幽的画却是从开始就有确定的形状，不可增减，不可更改。这种画让人感觉工艺性很强。形状不是在作画过程中一步一步被构建的，而是最初就有设计好的完整形状，其中拘谨之感颇强。似乎有人说过大觉寺的松树障屏画是永德之画，但是从其带有特定倾向性的形状上来看，不像永德，更像探幽之画。

四

　　事先把形状定好意味着形状的固化，远离自然的自由之形。探幽的画离实境较远，它们看上去甚至比实境还显得陈旧。因此，探幽之画总是会给我们一种陈旧之感。

　　比实境还陈旧的东西，画风自然也陈旧。人们一般会通过作品给人带来的感觉来决定画风的新旧，如果一项画作可以切实反映出自然现实所带给我们的东西，那么不论该画作创作于何时，都会有一种新颖之感。画风的新旧取决于现在与当时的立场。运庆、探幽等人的作品都无法让人感知现在，其中是已创作完成的、成形的内容，它们无法反映当下。不过，中宫寺的"如意轮观音像"，智积院的障屏画则经常且永久地有一种当下之感。

　　不过，应举的画确实是在描述现在。鲤鱼、水、松中任何一项都是现在之物，只不过这种现在之物不能重复再现。其外在形式上虽然是现在，但是内在上却是彻底的过去。那种"现在"已然凝结为当时的现在，本质上是一种完完全全的过去。运庆流传至今的画中留存的也是过去的现实画境。尽管它也切实地反映了当时之境，有其新颖之处，但是，这种新颖却无法与当今的现实再次相关联，因此陈旧之感从中溢出。让现在成为过去，让新物成为旧物，让新埋没在旧中，如此构成新变旧的过程。

五

　　从画风的变迁来看，某个时代呈现的其实是上一个画风。依靠时代虽然可以区分出各个时代的立场，但是这些时代立场与画风种类之间并非完全对应。因此，比起时代区分而言，按照画风区分可能更加贴切。与其说是当下时代之前的一个时代的画风，倒不如说是当下画风之前的一种画风更加恰当。如此这般，可以前一个画风、前一个画风地往前追溯。一般来说，眼前的画风是比任何一种画风都陈旧的画风。与当下现实有关联，且最为贴切的画风是前一种画风。不过，这是一种连续关联，只有切实关联到当下现实时，才会真正感受其中的新颖之处。而最能给人以陈旧感的画风就是当下的画风。与此相对，当下画风之前的一种画风则是令人感到亲近与新颖的。这其中应该是时间的遥控作用。人对于稍微远一点的东西会更容易有一种亲近感。只是，那种画风在现实生活中的存续状况会决定其定位。

六

　　因此，画风新旧的问题便非常简明了。总是能反映当下的画风就是新颖的。反映当下是对画作对象自身诉求的满足。比起画作对象现在的形状而言，画作对象未来的形象更为重要。画者需要按照画作对象自身的诉求进行作画。智积院的障屏画就画出了樱与枫的诉求。但是，大觉寺的松树中所展现的不是松树自身的诉求，而是探幽自身的诉求。因此，探幽之画很难给人以新颖感。

但是，如果按照对象物的诉求作画的话，创作者自身的诉求又当如何体现。所谓对象物的诉求并不是在露骨地被表达，而是有所隐藏。创作者就是要将其藏身之处寻找出来。在寻找的态度中就有寻找者的诉求。对象物的诉求终归是基于创作者的诉求。所寻找出的东西里总是会有寻找者的身影。正如发现绝非偶然，发现的背后必然有发现者的信息。因此，满足对象物的诉求的创作并不是对花瓣的数量与叶片形状进行简单展现，其中同时包含着创作者的观察工作。如此这般，创作者才会在作品中有最好的发挥。

从创作者的自我展现上来看，探幽的画作中无疑也充分展现着探幽自己。只不过探幽的作品是以一种肯定的形式展示自己。所谓表达过度就是一种过度的肯定。探幽的画中蕴含着一种过度的肯定。与此相对，智积院的障屏画则是在对象物诉求的背后对创作者自身予以否定展现。创作者在这种方式中被真正地展现。概言之，东洋的画风在否定的形式、消极的形式中可见肯定的意义、积极的意义。

因此，画风的新颖性首先关乎以下两点：

1.针对画作对象物的诉求予以肯定性展示。

2. 针对画作创作者的诉求予以否定性展示。

不论是对象物的诉求，还是作者的诉求，都是基于创作者的观察。对象物的诉求与创作者的诉求都须贯穿在观察者的视角中。因此，还有如下一点：

3. 对象物的诉求发现、创作者的诉求表达中，都贯穿着创作者的观察。

因此，决定画风新旧的要点在于肯定性内容与否定性内容的展示差异上。不论如何展示创作者的观察，以肯定性的方式展示创作者自己的诉求，以否定性的方式展示对象物的诉求时，作品的风格就是陈旧的。反之，以否定性的方式展示创作者自己的诉求，以肯定性的方式展示对象物的诉求时，作品的风格就是新颖的。创作者观察层面的问题与作品新旧无关。没有观察视角的东西，尚无法论新旧，其自身是否是作品还是个问题。只有在作品中才有新旧的问题。如此一来，新旧的问题就是在探讨诉求所在与肯否态度之间的问题。其中展现的便是日本美中所包含的否定属性。（十月八日）

《实践国语教育》　昭和十二年十二月

出　现

　　从二楼往外看，面前的绿色草原中渐渐斑驳起的黄色让人意识到秋天已经到来。这种季节交替让人心情舒畅。在某种不确定的倾向里显现出的迹象，虽微不足道却沁人心脾。

　　镝木清方[1]在论及徽宗皇帝的《水仙鹌图》时说道："那幅画中吸引我的不是鹌鹑而是水仙。白色水仙花丰满蓬松。不只是水仙花，任何花的丰满都有着道不尽的别致与含蓄。白色的花尤其明显，芍药、牡丹的花蕾，生长于优质的土壤中，不闭合也不绽放。那种饱满状仿佛随时会从某处开始消失。在那样的傍晚，沉浸在一种犹如设宴款待他人的愉悦当中，故人的品格修养也值得怀念。《水仙鹌图》里的水仙，让我自然想到这些。"当注意力集中到那具有特定变化倾向性的一点时，可以感受到一种敏锐与强大。水仙花花蕾的强大在于其蓬松处的尖头上。一般而言，变化中的小角会显示出物体外形的强大。水仙花与牵牛花都是在观其角时才可知花心之所在。角是弯曲倾斜的焦点。百济观音像的手指，就是将指尖部分轻轻削去，在下方做成一个角状。指甲短于指头时，便削掉指头的肉，在指甲下方做出角，形成指甲突出的感觉。有了角，倾斜的外形就会令人胆战。文学中也多见这种

---

[1] 镝木清方（1878—1972），日本近代画家，擅长美女画、人物画、社会风情画。——译者注

角之形，俳句中就尤为明显。

　　在一个日式房间里，关上障子的话，障子就成了半透明的墙。打开障子的话，障子整体就会成为窗户。世上常见这么大的墙，却不曾见这么大的窗户。这种从墙向窗户游走的形态就是障子。所以，日式房间里障子最富风情。

　　人在变强大的过程中是有快慢之分的。一般来说，女人可以一下子变得非常厉害。呵护孩子的母亲、保护丈夫的妻子等，女人都会无须缘由地瞬间强大起来。去年也有众多事例显示，在这方面，男人稍逊于女人。不仅如此，即便是男人，真正厉害的人也是很难一下子就厉害起来的，通常不经历一些时日是没法成为厉害之人的。平常被人说两句就脸红耳赤的柔弱之人，一旦厉害起来，就不得了。撸起袖子就逞强的人，一般是不会逞强太久的。在埼玉县造丝场工作的友人曾跟我讲过他们工厂的事。据说，那边的工匠性子急，碰到事时就怒火朝天。本以为既然如此气愤，第二天就不会来上班了，可是，第二天他们还是若无其事地正常上班。与此相对，信州的工匠一般生不起气来，但是一旦生起气来就异常激烈。在工厂时不生气，回家后再回想起时，就会浑身气不打一处来的人，一旦生气反而怨恨很久。对他们来说，马上做出回应是比较肤浅的。日本文学也是如此。文学中有立马做出回应的文学与花了些时间才做出回应的文学之分。一般来说，留有余白的文学反应比较迟钝，但是持久性却比较强。不过，现在的文学，特别是俳句，则是神经纤细、反应敏感的居多。

　　飞机的维护工作正是因为关乎一切相关人员的生命安全，所以才意义重大。据说人们在精心完成飞机的维护工作之后，会向机体献上神酒。所谓尽人事而待天命。事情一旦尽力后，事物背后一般性的、事关整体的属性才会得以呈现。经过精心维护之后，机体也不只是一项产品，而是一个承担所有命运的生命体。它不是经过组装后的机器，而是一种超越机器本身、事关整体大局的存在。正因如此，机身也才可以被人们献酒。有一个故事讲述的是匠人制造即位仪式上所用的土瓷器的事情。据说在精心制造的 50 个，或 100 个作品中会有一个被选中。面对被选中的那个作品，尽管那是匠人自己做出的东西，但是匠人也会不由自主地盛上神酒将其放在神龛里，并合掌行礼。此时，他不是自满于自己的技术，而是将其视为自己都难以想象的佳作，不由自主地将双手合十。人们在尽己所能后，最后展现的不是自己，而是更加根本的涉及事物全局的东西。实现自我的唯一道路就是尽力做好自己，不仅如此，要超越自我时，唯一的道路同样是尽力做好自己。一切都在于人们自身。明治时期（1868—1912）的高山樗牛[1] 先生曾说过，不可以超越现代。然而，要超越现代，除了尽全力于现代，别无他法。

关西的女性经常服侍丈夫。虽说这种服侍是出于对于丈夫的信任，但是妻子也会背着丈夫存一些钱。据说这是为了自己和孩子的将来提前做准备。然而，在关东却少有这样的女性，一般在丈夫去世后第二天，整个家庭就不知所措了。对此，我不由得想

---

[1] 高山樗牛（1871—1902），日本近代作家，明治军国主义的先驱人物之一。——译者注

到山内一丰[1]的妻子。在丈夫贫困潦倒之际，他的妻子将村民们长期以来资助的钱拿出一部分悄悄地存起来。这种风格怎么看都像是关西风。要是关东风的话，不出两年肯定就花个精光。看准丈夫的关键时期，不动声色地悄然帮助他熬过难关，其中关西风的韧劲儿一览无遗。

据说大阪有一个借钱王从警局出来后，看到了淀川上浮着的木材，就把它们卖掉赚了数十万块钱，正好还赶上了还钱的时间。大阪人就推测说这事是经过周到安排的。但是，关东人却对此不以为然。就像女人有关西、关东之别那样，男人也如此，文学也如此，美术也如此，日语中的发音也是如此。这样的两种性格构成了日本民族性格中的最根本性的两个方向。事实上，这两种性格上的对立早在上代曲玉与管玉的形状上就已经体现出来了。

《语言》 昭和十二年十二月号

---

〔1〕 山内一丰（1545—1605），日本战国时代、安土桃山时代和江户时代初期的武将。——译者注

身 边

一

　　我们家在东京边上的武藏野的一个角落里。西边与北边都是松树、楢树与栎树等杂树林，秋天时就会看见锐利的松叶在银辉中凋落，冬天时就会听到枯树林中楢树叶子的跌落声。伴着枯木的声音，靠在灯火下翻开一本书，惬意不已。特别是我从小长在被炉边，这些更让人倍感亲近。火盆只能让手和脸暖和点，却无法让整个身体也暖和起来。于是我便从故乡带来被炉脚架罩在东京的小火炉上。说到故乡来的东西，我周围似乎有很多。倚靠在被炉旁听着门外枯木之音，像是听到风在远远地吹过心底。

　　今天晚上孩子们也围在被炉旁喝茶嬉戏。他们似乎觉得这样喝茶比较好玩。故乡的朋友送来了芹菜，还泛着盐汁儿。信州的土地粗糙，气候狂野，蔬菜的香味也是浓厚。它们总是带着故乡的味道，令人愉悦。"芹菜的香味过于浓烈，有点像中将汤（日本汉方药）的香味，就把它们放进浴缸里泡了个澡。"小孩们的对话让人忍俊不禁。孩子们也会讲讲当天学校里的故事。我的大儿子就跟我们讲了他那办校内短歌杂志的朋友向他拜托的事。"我们想请你的父亲给我们的杂志写个短歌，稿费出不起，但可以免费寄送刊物。"我大儿子的朋友向他如是拜托后，还顺便评价了一句："你父亲短歌虽然写得不怎么样，但是风格却着实独特。"他的这个朋友很早之前就想找我帮忙。"稿件可以写，但是后面的评价就不用了。"我笑道。对于短歌的评价有两个原则，一个是擅长与否，一个是风格高下。这两个是相互对立的原则，看上去无法同时成立。擅长与否本就是概括性原则，风格高下也是概括性原则。这二者之间存在什么关系，又是另一个问题。冬夜中聊这些，也是再合适不过了。

二

判断工作是双重性的。经常听人说，道理上虽然如此，但是内心却难以接受。道理虽然是大脑想出来的，但是必须合乎心理感受。这里面有着大脑与内心两种对立的判断。理性判断背后存在着感性判断。二者共同影响着最终判断。理性判断一般条理清晰，富有智慧；感性判断则是略显昏暗，有些愚蠢。

然而，对于人生中重大的事情，理性判断与感性判断，哪一个主导着最后的决断呢？"理论上如此，但是情感上接受不了"与"虽然情感上接受不了，但是理论上如此"这两种判断中，哪一种会成为人们决断的基准呢？二者都属于判断不定的状态。对于这样的不定，哪一种更加深刻呢？在判断的背后，真正强烈推动抉择的其实是情感上的判断。在理论上必须得到肯定的事物却在情感上不被认可时，人们可能就会说这是因为理论本身出了问题。不过，如果理论上的判断所占比重很大，情感上的判断就谈不上要紧与否了。情感判断之所以发挥作用，一定是因为理论层面的判断无关紧要，或者，有些判断比理论判断更加重要。那么，能否将这种根基处的判断称为立足于某种感情呢？其实尚难论定。判断的层次是有深浅之分的。

　　通常，人的性情是比较轻浮的，它经常会发生变化、浮动不已。但是，真正从根本上驱动人前行的却是人特有的性情。它是人们做判断的根基，会经常处于变动中，会经常穿梭到我们眼前。人的思想是会变化的。小学生的思想就不同于中学生的思想。但是，从少年到青年，有些东西是不变的，这些不变的东西甚至会贯穿人的一生。它们会在人的意识深处长存，关乎存立。用我们日常之事来说，这就好比画家的作品。画家一生中的作品会不停地发生改变。早期作品与后期作品间相差甚大。即便所谓的赝品与之非常相近，我们也不会以其为真品。赝品与真品所带给人的性情之感并不一致。在真品中，不论画家的画风如何变化，他那特有的气氛都会存留。这种性情之感表面上处于不断变化中，实际上却贯穿画家一生。这些性情持续存在于人们意识根基之处，构成人们判断的根基。它们不是与理性知识相并列的情感，而是比起知识来更接近根基，是从根部支撑知识的情感。如果我们的判断不是基于这些性情，那么就难以称之为判断。

三

　　我们周围的人，大体上都到了需对各自的工作生涯进行总结的时期了。或者说，我们已自然而然地到了这样一种状态。回顾自己的大半生会发现，自己一直以来坚守的东西，虽然起初微不足道，但在不停地结出果实。正如春天的劳作会化作秋天的果实那样，大家都到了这样的时期。在人的一生中，所谓的"春天"大体是十六七岁以后的十年左右的时间，这一时期所思考的事情都会留存在意识根底处，并持续一生。它就好像缠绕着人的脊髓一般，时而从心底生发出来将人向前推动。如同自己的宿命那样，它总是在超越着大脑的判断。它超越人的好恶、善恶、是非、利害，像一种宿命的东西在不停地骚动着。正如有人把自己的故乡看作自己的宿命之地那样，它也是宿命般地推动人们前行。这就是心灵的故乡。回首望去，过去很多事情，现在来看可能实现起来很简单，但在当时就是束手无策。即便不留遗憾，但一些应当实现的事情却终究未能实现。那些在心底期许已久的东西却终未能实现时所留下的遗憾，于我而言，都是很难予以补偿的东西。那时心灵所遭受的痛苦，所幸得以挺身熬了过去，并逐渐打造出了今日之根基，但是直到如今，对于心灵故乡的念想却不曾有所停滞。

四

"前天回到了信州，"我在小记里开始写道，"车窗外，信州的大自然有着武藏野不能比拟的新鲜而清爽的绿色。水的颜色，山中的空气，以及风的香味中也都渗透着清澈的深绿。从山丘讲堂来看，通透的深绿尤其见于树木间。那种绿色是一种即便我在做演讲时都能感觉到的深绿色。武藏野没有水。有水的地方也都是些沼泽水。地上虽然足够湿，但是谈不上清冽。山野里的水低而弱，但是山上的水却是清澈强劲。武藏野的草长得很高，一根茎上开着很多花，却是形弱色钝。信州的草长得就有些矮，开的花数量并不多，但是，由于这些花倾其所能地盛开着，即使一两朵也形强色浓，不同一般。武藏野的农夫们都比较轻松，那里土地广阔、易耕种，一年四季田地里都长满庄稼。但是，信州的田野却是荒芜寒冷，有半年都是冰霜覆盖。因此，这里只有刻苦奋进的信州人。信州的文化也是源自这种艰难困苦中。"

我们的判断便是植根于这种困苦认知之上。在植根于苦涩的判断中有我们心灵的故乡。那里有着平川上难得一见的高地之香。如同蔬菜的浓厚香味，人们的思想亦是浓厚香郁。在我周边，这样的例子数不胜数。信州的风格始终贯穿于它们中间。所谓风格绝非表面赋予之物，而是从意识深处涌现之物。它们历经磨炼而不断成熟，这才是信州风格。春天要开之花，若是不经风寒，则久久不能绽放。那些被修剪过的枝头，若不经历冬天，即便可以在温室里绽放，也必将大费周折。只有枝头经受寒冷，花才会开得更快。正是这种寒冷铸就了人们意识深处的根基。一茶的俳句也是如此理解。岛木赤彦老师则认为锻炼乃和歌学习的基础。老师主张锻炼之道自然是与老师那易受伤害的性格有关。不过，能够做出这种判断必定也是受到了故乡风土的感染。这种基于意识深处的浓香堪称风格。窗外的风正在吹过枯木。耳中听着这样的风声，心中想起的是生我养我的故土、周围的琐碎，以及亲切的朋友们等等。以上，写下所思，了却思慕。

《诹访乡友会报》 昭和十二年十二月号

实践之认识

　　德川时期的小说中经常会读到这样的情节：看了眼篱笆外路过的人或者花下赏花人之后，就对此人一见钟情。仅仅一眼就会对来历不明、姓名不知的人产生深深的相思之情，回到家中茶饭不思，甚至生出病来。从这般深刻而又持久的相思之情来看，此等女子绝非轻浮之人。可是，她们为何又可以如此简单直接地钟情于他人？一般而言，如此情形下，要形成合理的判断，必要的判断素材并不完备。在缺乏全面判断的前提下，她们中有的人甚至会拼上性命去思念某个人。那么，如此认识缘何成立？

　　看一下我们周围，对于那些让人们一开始就无法倾心的人而言，他们的优点，令人尊敬之处与敬爱之处也可能会随着交流的深入而得到进一步展示。但是，人们相互间却始终无法形成恋爱关系。恋爱是在第一眼的观察中形成的一种直接认识。那么，这种认识究竟立足于何处呢？

　　相对人在理智层面的认识而言，这种认识更加靠近实践行为。它以整体之形存续，不存在分化。它具备化身实践的可能，朦胧中带着透明。虽然尚未历经实践，但其内部活力十足，迸发着能量。比起理智层面的认识，它与实践行为的关联性更强、更直接。这种关联实践的认识使得实践行为成为可能。

人们的认识中有些东西是"可以被理解却难以被接受"。这反映出一个道理，即，虽然有些东西是在理智层面获得的认知结果，但是其只能处于逻辑层面，尚未涉及实践层面。在东洋的认识理论中有这样一种认识，即，随着思维过程的不断推进，当事物到达消极面的极端处时，会发生触底反弹，进而事物会向积极面方向发展。这种触底反弹将事物的消极面与积极面直接关联起来，已经超出人们理智层面的认知范畴。对于触底反弹的认知经常与实践行为直接相关，这种飞跃的背后是理智层面的认知逻辑在向实践层面的认知逻辑转变。这种转变不是基于理论层面的逻辑，而是基于实践层面的逻辑。当从实践逻辑的角度出发时，理智层面的认知才开始具备可实践性。

既然如此，那么理智层面的逻辑与实践层面的逻辑之间是平行关系还是上下位关系呢？换言之，二者之间是一种并列关系还是层阶关系？理智层面的逻辑明确、稳定、冷静，相比之下，实践层面的逻辑却是朦胧、易变、热血，二者间截然不同。前者可通过教学教养习得，后者却难以通过教学教养习得。比起前者理智层面的认知，后者的实践性更强，与人的肉身紧密相关，是人原始性的、根本性的东西，位列生命的基底之处。尽管二者互有关联，但是，不论是在与实践性的关联性上、触动人心的程度上，还是透明程度上，二者间都并非并列关系。倒不如说二者是异质性的，处于不同层阶。可以说，是实践层面的认识位于理智层面知识的底层，推动其发展，对其予以定位。

三

芭蕉的俳句中有言：

> 此路无行人，秋之暮也。

唐朝耿沣也曾有诗曰：

> 反照入闾巷，忧来谁共语？
> 古道少人行，秋风动禾黍。

岛木赤彦老师的和歌里也有言道：

> 此路远而寂，光照之下，鲜有人至。
> 此路终无声，久违之吾，驻足聆听。

　　这三句都是在描述自己道路上的孤独，感慨难以碰到同行者与继承者。这种出于理智层面的认识在三句中均有体现，三者都表达出同样的境界。只是对于相关实践的认识上，三者之间却是相差甚大。芭蕉、耿沣和赤彦，他们三人之间并非没有关联。耿沣的诗中有芭蕉的影子，也有赤彦老师的影子。但是，细细品味便可知，不论其中是否有相互影响与交错之处，他们对于相关实践的认识却是各有孤高之处。各自饱含感慨，引人入胜，各成孤高之境。芭蕉的孤高在于其冰冷的寂寞。耿沣的孤高则不同于芭蕉那透彻的冰冷，而在于其厚重与宽广。赤彦老师虽然比不上芭蕉那般透彻，也没有耿沣那般浑厚，但是他在内省的弹性上却胜过其他二人。对于相关实践的认知，三人不分伯仲，各有千秋。这些都是理智层面的认识难以企及的高度，这些认识内容只能基于人们的亲身体会、亲身感知。客观理解的世界与亲身体会的世界之间形成认识上的差异，这也就构成了理智层面的认识与实践层面的认识上的差异。

四

比起理智层面的认识，实践层面的认识更加富有深度。理智层面的认识只有在实践认识的支撑下，才会植入性格。这两种认识有时会分开起作用。单纯的理智层面的认识将会显得冷血、单薄、柔弱，同时缺乏实践性。另一方面，与实践相关的认识则是鲜活、厚重、强大，同时缺乏客观性。实践认识会赋予理智层面的认识以客观性和实践性。人们的理解认识只有通过亲身体会才能具备实践性。因此，在意识层面，理智层面的认识位于上层，实践层面的认识则位于底层。意识深处的认识几乎是不加理由地驱动着人们向前行。在某一瞬间形成的令人舍生的爱恋之心也是如此。在这种认识中，人们的理智无法从中拆分开来，人们的意志也无法从中拆分开来。此时的意识作为一个整体而向实践世界接轨。睿智中的深邃智慧都是以此为基础的。爱与美中都无法拆分出理智、感情与意志，都位于生命的根本之处。在这个角度下，它们全部都是深层认识中的内容。爱与美都是实践层面形成的一种整体认识。因此，二者之间有着显著的共通之处。爱与美之间有一致性，与理智等层面的认识却有着相当远的距离。

五

奋道上上下行走时，野鸡鸣叫草山上。

奋道ののぼりくだりを行きし<u>かば</u>雉子なくもよ草山の
上に

　　这是《山国之春》里的一首短歌。短歌中横线处的"かば"，
表示假设，在这里就是一种逻辑层面的认识，是在文中可以通过
逻辑判断获得的理解。只是，在奋道上上下行走与草山上野鸡的
鸣叫之声之间并没有逻辑上的关联。尽管如此，这首短歌所描述
的内容无疑是成立的。那么，这种矛盾是如何得以消解的呢？其
实，在人们意识的深处，将奋道上的上下坡与草山上鸣叫的野鸡
关联在一起是非常自然的。行走在奋道的上下坡上，耳听着草山
上野鸡的鸣叫之声是再自然不过的事情。由此，"かば"所构建
的连接倒也不难理解。逻辑词"かば"此时已经植入人们意识深
处，即，实践认识中的"かば"。基于我们的实践认识，"かば"
便自然成立。

　　枯草原上降雪融化，玉兰花间水滴起。

枯芝原よべ降りし雪のとけし<u>かば</u>辛夷の花は雫して
あり

　　这首也取自《山国之春》，同样也都有一个"かば"在其中。
这里的"かば"比前一首中的"かば"所展示的内容的客观性更
强，属于理论逻辑层面的认识。雪融一事与玉兰花上水滴之间只
是在理论上有成立的可能。降雪融化，化为玉兰花上的水滴，如

此这般贯穿于春天的动向并不能通过一个"かば"得以成立。与前一首中所描述的一样，此时的"かば"也必须基于一种实践认识、深层认识。在这里，逻辑认识与实践认识相融合。因此，通过实践体会所得到的认识超越了理智逻辑层面所获得的认识。

<h2 style="text-align:center">六</h2>

《易经》描述的是中国上古时代的一种代表性认知方式，着重论述阴与阳两大要素。阳处见于乾卦中。然而，即便是乾卦，也不是靠纯阳组成的。其中也必须有阴与之组合，必须有一种包含恐惧之心及犹豫等与阴相关的内容在其中，必须有与"进"相平行的"退"在其中。阴总是隐现在六爻中，且始终贯穿于乾卦中。万物资始，乃统天。云行雨施，品物流形，大明终始，六位时成，时乘六龙以御天。如此这般，虽然乾卦中展现的是万物形成的积极面，但是在这些积极面中所隐现的阴之面却是不容忽视的。

与此相对，纯阴的则是坤卦。在坤中没有阳。无阳亦可成立的就是阴。那么在这种阴阳认识中，阳应当处于上层，阴应当处于下层，上层的阳中须有下层的阴予以贯穿。这与我们的意识是有相通之处的。阴与阳的认识方式恰似我们那基于理智的认识与基于实践的认识。

<h2 style="text-align:center">七</h2>

在现代学习与教育之中，缺乏一种叫气魄的东西。以前的学习与教育不论好坏，都可见一种气魄。所谓气魄就是能将深层的

实践层面认识贯穿于理论认识中的魄力。换言之，这种气魄来自对于实践认识的重视上。如今的教学中只是重视理解层面的内容，其结果就是，缺乏深层的体感实践认知，缺乏一种将理论认识贯彻于实践中的气魄。过往那种不论是教与学中都可见的气魄，如今已然不存。在教学的阶段，人们所注重的就是理解与记忆。一旦记忆丢失，所谓的教育就会显得空洞无力。如果教育中可见这种贯穿实践认识的气魄，那么，教育就会远远超越一般的理解与记忆，进而达到更高的境界。气魄的问题关乎教与学的同时，也关乎着我们的生活问题。在我们那专注于意识深处的认识与行动的生活中，这种气魄也可以被称为纯情。纯情属于一种实践认识。将这种基于纯情的文化特质还原为一种认识的话，那么它只能是实践认识。对于国家的忠诚、对于长辈的孝心等也都是属于实践认识层面的问题，并非理智认识层面的问题。特别是将忠孝看作一种对于国家或者长辈的报恩行为，其实是弄错了事情的中心。对于恩情的程度，当我们通过计算来予以回报，并予以增减时，都是弄错了忠孝的本质。正如气魄、亲身体会属于实践认识那样，忠孝的问题也属于实践认识。这种实践认识是一种源自意识深处的声音，是一种关乎我们宿命的声音。因此，若教与学以实践感受为中心，以激发其中气魄的话，就必须立足于实践认识上。注重辞书层面的理解只是表面的理解，无法到达语言的中枢之处，这些皆是源自对于意识层次的一种误解。只有立足于实践认识，方可见教与学的深度。（十二月二日）

《实践国语教育》 昭和十三年一月号

脆　弱

一

　　有一次外出做讲座，正好碰上静冈的松坂屋在做耐酸铝漆器的展览。铝器表面涂漆后，通过高温带也完好无损，再加上底子是耐酸铝，甚是坚固。不过，放在手里时，却很轻便，有种被骗的错觉，它们过于轻盈，丝毫没有笨重之感。器物之美也在于其轻重。

　　于是，这触发我一个疑问，所谓器物是否真的必须强大无比？武器等军用物品自然是要坚固牢靠，无坚不摧。然而另一方面，正因为它们到了一定程度时会发生损伤、损坏，所以反而成全器物之美。人的寿命如果是以五十为限的话，那么，有了这个限度人才显得愈发珍贵。盛开的樱花正因为是以四五天为限，所以才愈发美丽。脆弱与短暂在成全事物之美。这就是所谓的无常之美。爱惜这种无常并予以持续守护时，便可见美的存在。脆弱之物在使用的过程中变幻出一种美感。东大寺等里面有古时那种硕大的金刚钵，自是结实无比，但是久经岁月之后，反而让人愈发感觉单调与笨拙。当人们小心翼翼地去守护那些容易受到伤害的东西之时，才有美的持续。法隆寺正因为是由木头制造的，千百年来的延续总让人感动不已。山上的石头几万年都不曾变化，却不曾打动过我们。在如今的剑道比赛中，运动员的面部和手上都需事先进行防护，因而不用担心敌方的竹刀，但是与此相比，过去那种赤手空面，赌上生命的比赛无疑更加冲击人心。

二

一般来说我们的属性都是由遗传决定的。但是遗传本身却是一件难以厘清之事。我们之上有双亲两人，双亲之上又各有双亲四人。追溯十代就有五百一十二人，到二十代就有五百一十二万四千余人。一代三十年的话，二十代就是六百年。六百年前的话，就是北条高时的时代，行至镰仓末期，我们已经历经五百一十二万四千人的遗传。三十代的话就是九百年前，就是菅原道真的时代，此时祖上之人的数量就会达到五亿三千六百八十七万人，也就是说，到平安初期，就有五亿四千万的祖上之人。尽管如此，但是从历史的长河来看，所谓平安初期，亦不过咫尺之间。即便是遗传，其中也是纷繁复杂，难以想象，穷尽思考亦难以厘清。遗传背后的复杂性切身可感，不可估量。我们所面临的世界，犹如万丈深渊，让人无从知晓。万丈深渊下人类的智慧卑微渺小。脆弱与无奈尽显于人类智慧中。然而，正因为脆弱与无奈，人类的智慧才弥足珍贵且精妙绝伦。

《大乘起信论》基于特定因缘将万物产生比作平静水面上突然生起的水波。这种"突然生起性"阐释总会给人一种单纯而幼稚的感觉。我们总觉得那里应该有一些更加必然、更加合理的原因。但是，当我们静心分析其产生过程时，一定会深刻地感受到那种突发性与偶然性。非必然层面的脆弱反而更加真实地反映着事物的性质。比起逻辑上的必然而言，逻辑上的脆弱之处更是切身可感。在我这里有一幅牧谿的柿子画。凝神观察柿子时会发现，柿子的摆放方式、存在形式都好比是平静水面上突然生起的水波那样美丽而又脆弱。一处浓淡，千般墨，线几条。与其说它在显示着逻辑上的强韧，倒不如说是在显示着逻辑上的脆弱之处。这种脆弱感静心可得。

我们没法选择我们的父母。我们亦不能选择我们的故乡。越是根本性的东西越是无法选择，这也使他们在我们眼中愈发美丽。因缘正因深厚才愈发美丽。越深厚抑或越偶然。

三

谷川彻三[1]先生曾说过这样的话："日语是发音非常不清晰的语言。有一个欧洲人，年轻时在自己国家的学校的地理课中，学到了'yokoha—ma''nagasa—ki''hakoda—te'等日本的地名，觉得非常动听，对日本颇为向往。然而，等他后来到了日本却发现，这些地名的实际读音中并没有长音部分，而是'yokohama''nagasaki''hakodate'，如此难听，让他颇感失望。在日本人看来，这事非常有趣。日语中没有印欧语系中常见的强弱音之分，而是高低音之分，进而显得极其单调。"（《再论日本人的心》）

日语的表达尽是平坦之处。缺乏阴影感，多有平面状，没有立体性，在逻辑上也没有足够的韧劲儿。日本人的脸是平面状的。以前人们形容漂亮的脸用的是"鸡蛋壳上画眼睛和鼻子，白

---

[1] 谷川彻三，日本当代著名哲学家和文艺理论家。——译者注

净可爱"，说的就是如鸡蛋般平面状的脸。这与西洋人注重立体阴影的深浅表达截然不同。日本人的脸的前面以及两侧是平的。就如此强烈的平面性而言，与日本人的脸相对应的语言便是现在的日语了。这种语言中没有什么手势语言，语调平坦而又柔和。像朗诵那种富有表情的阅读方式并不适合日语。在绘画上，那种起伏少的水墨画最是适合我们。

四

牵牛花短暂的开花期反而显示出花之美，花之强大。以无常为美的内心中，反而可见一种强大。不论武器如何优良，最后决定战争胜负的是肉搏战，以肉身向前冲。中国有评论家曾经说过日本人的爱国之心举世无双，堪称最忠诚、最顽强、最神圣不可侵犯、最勇敢，且韧性最强的爱国之心。然而，这种爱国之心所依据的却是人们对于脆弱的深刻觉悟。经常有人说日本人总有一种不可思议的才能，可以让旧的过去和新的现在进行巧妙调和，其实不然，这种才能并非源自意志上的韧劲儿，而是基于脆弱认知上的一种纯粹的情感。正因为脆弱所以才强大，由此形成一种相对立的现象。日本绘画立足的根基不是在于其强大之处，而是在于其脆弱之处。

五

观察涉及两个方向：一个方向是将所观之物置于观察者的视野中，另一个方向是将观察者置于被观察物中。只有两个方向交互成立，观察工作才算完成。在交互观察中所得到的形状，比起一方视角下的形状而言，更加无常和多变。物与我的交互中，形状上的无常尤为明显。因视角不同而不同的事物，其形状也是一种不定之形、动摇之形。我们画的画与其说是基于一种确定的形状，不如说其实是一种动摇不定的、处于变动中的形状。在这方面，纸本水墨画是再适合不过的方式。我们的祖先守护并发扬了这种暂时性的、易变不定的作画方式。

日本的画是有类型之别的。确实如此。宗达的画中有宗达独有的特征。原本来说，所谓类型指的就是于端倪之处可见整体，于整体之处亦可推测个体。这种特征共通于各处，给人以共通的感受。同时，它又能保持自身的独立性，与其他类型的作品相区分。此时，整体之处与个体之处绝非画家自己的性格，也不是画作自身的性质。画作对象进入画家内部，画家又融入画作当中，在这样的交互往来中形成作品。这种交互成立让画作的形态糅进个体细节之处，且永久地成全着整体。因此，所谓某种类型难以单方面成立，而是立足于人与物的交互往来中。

这种易变不定之形在日本的美感认知中颇为常见。茶室之美、插花之美、水墨之美、陶瓷器之美等皆是如此。这些美无法捕捉，无法提取，是为无常之美。陶瓷器之美会在使用过程中不断变换。除了陶瓷器形成时所见美感外，陶瓷器在使用的过程中也会不断发生变化。在人与陶瓷器之间，当特定的交互往来发生时，陶瓷器之美才会真正得以确立。不是一成不变的美，而是易变不定之美。水墨画也是如此，它们在岁月的洗礼后会褪色干涩。如同守护易碎的陶瓷那样，守护易损的纸本水墨画也是基于一种交互行为。日语中没有音节上的强弱之分，只有高低之分。正如语言上的平坦那样，画中墨里墨外也都是一番平坦。日本的花没有强弱之分，只有高低之分。在插花时，花与叶须同时观赏，才可见日本花之美。日本的花草比起西洋而言更显柔弱娇小。正是在脆弱中，方见花之美。因为脆弱所以美。

六

形不予固化，置形于不定，常伴可变状。日本的美术正是诞生于这种暂时性和不定中。日本的绘画也是从确定的颜色逐渐变为不定的水墨。诚然，在日本流传水墨画之前，中国就已经有了。中国的水墨画比日本早了六百五六十年。然而，日本就是这样的国家。自中国南画产生之后，南画花了六百四五十年才进入日本。当时的水墨画正好碰上吉田兼好的《徒然草》，由此，在以无常为美的基础上便诞生了日本的水墨画。中国的水墨画在于其冷静透彻之处，而日本的水墨画则是基于无常之感。形状上的倾向性与不定性催生了日本的水墨画。对于脆弱的认识成就了日本的水墨画。牧谿的画在中国不受好评，但在日本却受到极大认可。其中的原因应该就在于中国的冷静透彻与日本的脆弱之间的对立。在这点上，中国的美术与日本的美术之间性质不同，由此也可以理解日本缘何没有轻易受到中国的影响。

在日本，为了这种脆弱之美，人们会提前准备好朦胧的光线。朦胧的光线更容易映射出茶室的结构。朦胧的光是一种不确定状态。当脆弱之美与脆弱的场所叠加时，所形成的就是日式之美。在脆弱与脆弱的碰撞中，个别的脆弱之形会愈发不成形。另一方面，在这种形之不定的倾向中，事物整体却得以凭完整之形留存。世上没有哪个国家能像日本这样致力于长期地保持这种美感。如此便是日本独特之形。在不定中保持持久，在脆弱中保全整体，其中所蕴含的就是我们美术的性格。

《瓶史》 昭和十三年一月号

美　育

世人多认为美是一种极其特殊的存在。似乎只有绘画与雕刻那种特别的作品中才可见美之存在，与美相关的东西仅限于这类世界。然而，美其实更加广泛地见于一般世界中。

一般认为，于我们的人生而言，实用才是最不可或缺的，美之存在并非要紧之事。只是，一味注重实用，恐会大煞风景，因此，出于润色调节、装点实用方面的考虑，美是必要的。以和服为例，和服的实用之处在于防寒暑、护身体，因此只要衣服够结实，或者够凉快便足矣。但事实上，和服的变迁史显示，和服曾经在柔和、暖和、易染色、松软、价廉等方面发生过改变。最初的藤衣等坚硬冰凉之物变成了人造棉与木棉制的柔和温暖之物，染色素朴之物变成染色华丽之物。其中像染色之类的问题已经不是实用性的问题，而是关于美的问题，是与气候、皮肤保养方面无直接关联的问题。特别是，当演变为对于柔感的追求时，已甚是奇怪。藤衣等衣物可以说是极其坚固结实之物，丰臣秀赖的女官曾说，藤衣穿了十几年后，当裙摆有破损时才一点点剪短的。结实固然是好事，但这般结实未必就好。若人一生中有三四件和服就够的话，那么其中的单调感必然难以忍受。服饰不必结实无比，时常添置新衣反而会有更多的乐趣。正因为有了这些变化，夏日的和服才别有一番滋味。当今，与实用性相异的性质已然构成衣服的重要性质，这是与美相关的性质。此外，廉价本身也自是重要。人造丝正因为非常切合这些性质，所以才会被用于近代衣物上。此时衣服上与美相关的要素已然在消解实用性要素。

其次，说到食物时，不可不谈的就是美食佳肴。食物的重要性自然是离不开营养。只是全是营养的食物与毫无营养的食物，均不是正当的食物。肝油不论如何富有营养价值，都很难将其用于日常食品。关于食物，直接影响人们摄取食物的因素，不是营养而是味道。营养如何是营养学的问题，与人们如何摄取食物并无直接关联。食物讲究的是味觉之美，即色、香、味、形以及口感等各方面综合后的味觉问题。只有跟美结合，食物才会成为食物。脱离美的食物谈不上食物。没有美的食物亦不具备实用性。要使食物得以实用，当以美为先。美才是食物实用性成立的首要条件。这于衣服而言也是同样。无美之衣，难以实用。衣服要成为衣服就必须以美为先，实用性次之。因此，总结来讲，实用以美为第一条件。故而，美的存在极其普遍。实用之处，必见其美。美中方见实用。

二

中国人以健康来评价日本人。日本人多食粗俗之物，却能长时间持续忍受激烈的工作，令人叹为观止。特别是女性身体的健康程度更是令人吃惊。女性的勤恳、热心、奉献等让人动容。这些都是健康良性之德行。

八十年前，一两艘黑船让国内震颤不已。或许没有人可以想象到昔日的弱国会成为现在的日本。日本这些年的发展极其健康，已经拥有足够的力量向世人展现自己的自信。这种力量就是健康的象征。

日本的文化不是暂时性的，而是连贯发展起来的。这种连贯性，在世上举世无双，堪称我国特色，显示出我们发展的健康之处。那么，健康发展的背后又是以什么为基础的呢？

日本有"たしなみ（tashinami）"一词，意为"嗜好、修养"，它构建着日本人的人格根基。所谓"たしなみ"就是通过一些简明朴实的手段让一些教养渗透到人们人格的根基之处。这就是对于美的一种追求。日本女性在结束了普通教育之后，会接受与美相关的教养，比如花、茶、音乐、画画等方面的内容。只有经历了这些方面的培养，女性才得以基本完整。即便是那些对于美不够敏感的人，也会从形式上半强制性地获取相关培训。这里不是关乎女性在未来的婚后家庭中有没有展示机会的问题。不论任何情况，作为女性应有的"嗜好"，这些有关美的教养都值得习得。而且，不仅限于女性，男性也是如此。日本生活的一大特色就是"隐居"。随着年龄增加、生活富裕，在找到合适的继承者之后，日本人会选择隐居。所谓隐居，一方面是与之前的生活在社会经济等层面上予以隔断，另一方面则是探寻生活之美，比如茶道、书法、古董、盆栽、音乐等。此时人们首次感受到自己生活的价值所在。在闲居中探究美的境界，这应该就是日本人的生活之趣吧。不是永久地追求财富的增加，而是到了一定时期，他们会主动割弃财富累积，在美的世界中尝试人生，或者至少做出一些类似的行为。若是人在天伦之年依然埋头于经济生活，只能徒增心累。如此心境会在日本人的人生走到尽头时显现出来。虽然当今的社会形势已然逐渐少见此闲境，但是人们心中还是存有对清境的渴望。

由此便知，对于闲寂境界中美的追求其实贯穿于日本人的生活中。不论年轻时走过什么道路，到年老之时，大家都会来探索这块境地。日本人生活的归结之处便在于此。

追求这种美的生活便构成了日本良性发展中所依附的根基。虽然实用离不开美，但是日本人生活都是以美作为最后的追求。换言之，贯穿于实用中的美会在最后阶段呈现出其完整的形态。在这种基础之上形成的就是日本的"健康"。

三

所谓"術"，乃是指实现某个目的时所采用的手段。中国汉字"術"（现在简化为"术"）的组成是"行"与"术"。"行"乃达成目的的手段，是到达目的地的通路。这种通路在汉语中发"术"字的音。"行"的中央所插入的"术"字就是该字的发音标记。"述"字也同样，由"术"与"道路"两部分组成。通过言语达到目的的道路就是"述"。"道路"以走之旁表示，发音以"术"来表示。因此，"術"字的中间部分与"述"字一样，是表音的"术"字，而不是"求"字。

"术"乃实现目的的手段，"术"本身并非终极目的。虽然弓术、柔术、剑术等统称为武术，但是，如果以其自身为目的进行探究的话，就会被称为弓道、柔道、剑道、武道。同样，不是茶术而是茶道，不是花术而是花道。"术"终归是要向"道"靠拢。

"道"是道德，它不是手段，而是一种目的。茶、花、弓、剑不单是追求技术层面的奥义，同时亦在追求道德层面的奥义。或者说，人们相信在通达道德时，术自身也会随之达到终极。技术上的出神入化不是技术本身的问题，而是德行情操的问题。术中入德方有神。因此，中国人讲究的"术"与日本人讲究的"道"之间不尽相同。武道的秘传奥义皆在心意之间。欲求道，先正心。教术者，先育心。此乃术之道。

日本不是"画术"，而是"画道"。技术必须通达于道。唯有通达于道德修养，方可见其美之处。刀之所以为刀，不在于其能砍能劈上，而是在于其品位德行之上。刀之德自镰仓时代就多见于军事物语中。在江户时代的文学作品中亦多见。刀当祛除魔障，赶走恶鬼。刀之德自古就备受重视，刀之德使刀得以成为刀。画中亦可见这种画道的传承。画除了经常用作祈愿画、守护画中的本尊之像外，世间也流传有以画驱邪的故事。此乃名画之德。名画中经常有类似的故事。在日本无关德行的作品谈不上美术。美之成立首在道德修养上的建树。如此这般，我们生活中的各种美终将会通达于道。立足于道来追求美，显示出日本生活中最健康、最良性的一面，这也是其唯一的道路。

四

在日本的普通教育中，美育并未被置于优先位。其中自然是涉及各种各样的原因，而一个很重要的原因就是，日本的教育都是面向各种上级学校的一种进阶教育，美育并未充分参与到其中。其次的一个原因就是，人们总是认为美育是一项单纯的技术技能学习，不过是如画线、染色等层次的技巧而已。

如果日本人的生活是以美通道、以道得美，那么关于美的教育就应当与生活相结合。如果美之生活遍布日本人生活的各个角落，美之教育也应当渗透到生活中的各个部分。然而，事实上，在国民教育实践中，美育却只是被视为一项技能、一项轻之又轻的工序。

在我们的生活中，技当通道。若能以技通道，便是在践行道德修养。对得道之作品进行鉴赏，就是在对作品中道德修养层面内容进行鉴赏。在日语中汉语词的艺术用语"鉴赏"与"观照"同音。"观照"是与佛教有关的词语，表示将对象置于意识深处，进行体系化关联。观照是一种主动认知的态度，是在内心深审之，参照内心之光，将其植入自我认知体系中。与此相对，"鉴赏"旨在对于作品的接受上，虽然其中可以观察到各种立场，但是，对于"鉴"字，有特别值得我们注意之处。所谓鉴，比起将以己为鉴来认知作品而言，倒不如说更多是在以作品为鉴来认知自己。东洋常有以史为鉴的说法，政治事宜等首先都是要以史为鉴。也有人将历史人物描绘在宫廷墙壁上以其为鉴。这种注重实用层面道德修养的态度就成为作品接受中的一般态度。即便是与风景、花鸟相关的作品，也应当有澄清人内心的一面。对于作品的接受不是一种娱乐，而应当是德行修养的过程，鉴赏一词由此成立。赏中有鉴，方为作品鉴赏。

因此，对于作品的接受问题，应当从单纯的劝善惩恶的道德实践层面提升至德育的世界的层面。即，在通达道德修养中，当以美为首要条件。以美为终极德行，就意味着美之教育应为今国民教育的中枢。正如实用之道始于美，美不可或缺那样，德亦始于美，美不可或缺。德植根于心之美，德之形在于美之德，美之形象不可或缺。如果美充斥于实用的世界，遍布于德行修养世界中，是其门，是其通路，是其终极追求的话，那么美就是贯穿生活全部的普遍性存在。因此，美育不应当停滞于一门技艺的教学上，而应当是生活的根基。关于当今美育与实际生活之间当如何结合的问题，难道不应当以此视角为出发点吗？如果通过培养"好的心根"可以培养出德行层面的涵养的话，那么，美将与德行直接结合，美的实现将会关联德行修养的实现。美育在国民教育中的地位应当以此视角来观察。

　　换言之，不是从术的层面，而是从道的层面进行考虑，在以美促道、以道通美的生活态度下，观察日本生活的特色，打下我们美育的基础。由此，在教学科目中，美育与修身直接相关的地位就会得以展现，其在国民教育中的根本属性亦会得以明确。然而，直到如今，美育的价值与定位都尚未得到认可。

《美育》　昭和十三年一月号

山　河

室生寺

山道沿行，见川之流清且带浊。

冬之末也，芒无穗岸无摇尾鸟。

山峡之春，虚空不已小石嶙峋。

梅花香间，岁月之寺空寂吾心。

屋外雨微，白花绽放轻绕李树。

宇　治

勿言宇治村里宇治小，无声无音漫山川。

浩浩水动之巨力，得见者心自足。

古之藤原人，欲见此河之巨动。

静夜出眠京，欲借宇治川水之力。

逝水映五月流光，使人言力之虚幻。

贤者稚郎子曾居此，日日好此水。

智者好水，当是不犯动水之力。

林间绿皆异，山樱埋绿显朦胧。

山峡五月绿辉，船倾流而上。

黄　檗

归来奇异处，有物力透心间。

通透不滞者为上，佛道亦如此。

力透深邃处，黄檗彰显地。

志在如实反映中国之士。

以此为好，当得赞之。

樱

西国赏樱花，厚重丰润心生寂。

观古寺之樱，似可养心排心忧。

桃山屏风樱，念及久画之虚言。

金地画樱花，不碎不散成花美。

枝间之樱花，方可见趣味之处。

虽有盛开时，寂寥之势如流水。

赏花失美心，幸得见樱花一抹。

非世间常樱，花房重重满开垂。

叶间花穿插，樱色消浅身细瘦。

待到樱美时，盛开盛绽愈显静。

吾心向花去，花之静境任君赏。

花开不见垂，静冷之花任君拂。

杂　唱

鸭川燕巢之古轩若干留，水清时幼叶浸手多娇羞。

教室传万叶之道，如今仍见名张之路乎。

绕山穿谷白道现。

伊贺国边有往返。

望壁画之线，墙上多生辉。

残线多消逝，心中多残念。

佛眼之入念，亲切亦成趣。

《短歌研究》 昭和十二年一月号

《鬲鼎》 昭和十二年四月号

桌　上

新年贺卡

新年伊始之际，新年贺卡尤为令人在意。我从未在十二月寄出过新年贺卡，都是在新年时才开始写。

平日里总是愧疚于不能及时问候亲朋好友。需回复的信件在不停地累积中，在身后堆积成小山。回复这些信件至少得花上半天，而且要尽量写在贺卡上。我并不讨厌这种工作。一旦把这些工作处理完之后，整个身心会立马感到清爽。只不过，再过几日，信件就如身上的泥垢一样又堆积回来。此类状况似乎不只发生在我的身上。平福百穗氏就曾对我感叹：每当念及回信，总是打不起精神来。即便只是写一张贺卡，心情却也轻松不得。久保田俊彦老师就经常带着一把书信。他在旅店的坐垫上，不大会功夫就能写出三四张贺卡，而且还能写得出对方的邮寄地址。而我即便是写给关系好的朋友，也得每次翻看邮编。老师每次托我查询资料之后，总会给我一一书写感谢之语言，即便仅仅是让我从自己的书架上找本书，帮忙从中摘抄些东西之类的小事。每每念及老师，总令我反思不已。

因此，新年贺卡对我来说是不小的威胁。光写个题头"谨贺新年"，然后找人赶时间写下收件人信息也是不行的。不仅如此，还要对不同的人或多或少地讲一下自己的近况，对久未问候表示歉意。因此，每年写贺年卡都会花掉我大量的时间。这在正月里实在是处理不完。慢慢地写完了一张、两张、三张，然后，不知何时，二月已过，到了三四月。虽然这等事情很是让人犯难，不过，守屋喜七老师却从来没有以印刷版的贺年卡回复我，每次都亲自提笔，而且会在新年贺词之后，添加一些其他内容。

只是二月或三月已不是贺新年的季节。全部写完这些贺卡大概已是六月，有时甚至会拖到暑假。一年中有一半时间会浪费在新年贺卡上，而且中间还总是心负愧疚，惶恐不安。

门　松

妻子想立门松，不过我却不想。我对于立门松过节多半没什么兴致，对门松本身自然也是拒绝的。去年就曾因门松发生过争执。到了十二月三十一日之夜时，我与妻子还在纠结门松的事。虽然最终没达成一致，但是弟弟还是去购买了门松。

弟弟把街上十钱的门松买了回来。门松是在稻荷堂前买的。稻荷因其茶室中曾有一个叫小仙的姑娘而有名。铃木春信还为其画过一幅画，曾经名动一时。小仙的石碑与春信的石碑也在这里。当时春信的石碑不知应立在何处，因此就立在了这里。不过在石碑揭幕仪式时，人们还是在附近的寺院中发现了春信的墓。再过一个小时就无人购买门松了，十钱的门松最后降价成了七钱。

本就是十钱的门松，小小青松枝间净是些敷衍了事的稻草绳。绳上挂着些白色纸币。青松叶中的白纸倒是让人莫名怀旧。古人把白纸结在枝头时的那种谨慎之心，不由得浮现于眼前。

　　松枝比较小，拴在门上有些费劲。我拿了桌子上的胶带，在门前看来看去，最后把门松的上面部分粘在横木上，完事后就十二点了。之后直到正月初三我才第一次穿过这个门。当时要不是有教学任务，我也不会出门。穿过门时，有冰凉之物啪啦啪啦地打在脸颊上。是松动了的门松。当晚我便拿着剪刀，把胶带剪掉，将门松取下。当时我还打趣道："把门松挂着剪掉，这才叫'门松的悬挂斩切'。"妻子一脸不悦，愤愤地将我晾在一边。

石　头

　　窗外院子里的石头正在晒着太阳。沐浴着夏日的阳光，石头看起来一脸享受。阴天，院子里的石头，被雨淋湿了的石头也是各有趣味。阴天，石头沉思着。雨天，石头端着气。晴天树荫下的石头上，会有日光透过枝叶印出光斑。光斑让沉思的石头绽放出笑容。生了苔藓，被落叶遮掩的石头又是别有一番表情。而驮着青叶的石头则让人联想到年轻时的烦恼。

　　如今的杂志可见两种倾向。其一是新闻化。所谓新闻化，就是让杂志的内容变精变短，迎合大众变化多端且又易倦的内心。它们跟下酒菜一样，给人以短暂的快乐，却不能给身体以真正的营养。它们应当更多地贯彻一种味道和营养化的方针。以此来看，当今中小学校的国语教科书中就有众多令人不满之处。汤刚喝了一口，就被撤下，刚吃了一筷子鱼，鱼又被端走。

　　其二是采用著书的形式。篇幅一个比一个长，弥漫着学究的味道。这种杂志由多人撰写，保持着内容与节奏上的变换，更像是学术杂志。

　　不过，这种尝试最近见于讲座中。募集一众人等，举办多个短小的讲座。以前人们都是举办小数量的长讲座，采取著书合册的形式。与此相比，如今的东西又像是一种新闻化的东西。那些看上去一成不变的东西，在不同的光亮下，竟是生出了变化。

　　石头是素朴的。虽然素朴，但绝非没有表情。虽然是不显眼的存在，但不是无意义的存在。板墙也不是毫无表情的存在。在日光的照射下，它会变得温暖；雨淋之下它会有些冷清；风吹的时候它又会屏息凝声。但是，跟太阳下的石头、雨天里的石头、风中的石头相比，板墙缺少一种更加深沉、更加阒寂的东西，缺少一份沉思的重量。

　　把杂志跟石头相比较，是有些突兀。但是，看着院子里的石头，就会联想到杂志那不断变换的姿态。石榴树下有块又圆又大的石头，是在结着红色果实的青木之下长着少许苔藓的棱角石。那石头现在极其美丽。

　　爱默生曾如是写过：一边想着自己的事，一边步行于松林中，松林中树脂的香味可能会沁入自己的思绪中；写作时，窗外燕子嘴里叼着的稻秸可能会被编织进自己的文字里。若是这样，把院子里的石头写进这篇文章中，似乎也合情合理。

草　木

　　大町在信浓也是极其靠北的城镇，是位于山间的狭长小镇，登白马山岳的人们得坐火车过来。厚厚的寒雪会持续到三月末，然后在一场急雨中消失。积雪消失后，土壤在过了一百二十三天之后，首次接触到阳光。这是经过漫长冬眠后的土壤。土壤的表层泛着灰白，踩一脚会陷下去，柔软蓬松。第二次雨后，晒上四五天，土壤的灰白会变成黑色，踩上去咔嚓作响。随后，土壤中开始有些零星的发青处，让人以为是土壤发霉了，结果第二天去看，是小草发的芽。它们开始噌噌地生长。时隔多日重见阳光似乎令土壤甚为欢心。黑土上尖尖的小草芽日渐明了，显现出一阵新绿。新绿是有光泽的。柔软的光泽有一种无声的强大。不过要是在东京，这些小草芽却不知何时出现，直到长出了茎和叶子，甚至长成了草都不为人所察觉。东京的土壤没有这种新鲜感，我从来没有在四月初时见过大町那种新鲜的草芽。

在这之后，信浓的落叶松也开始发芽。绿色针状软叶呈放射状开放。星星点点的褐色台子上一下子长出新芽。与其说这些新芽是叶子，倒不如说是枝的一部分。细枝上新芽点缀，使得落叶松整个一面看起来像是挂了张薄薄的绿网。这种柔绿并不是很多，感觉像是要融化在空气中，但是又与枝头牢牢相依。树下静躺着一块石头，上面覆盖着去年掉落的松叶。石头上方是新芽形成的薄荫。对于树而言，只有去年长出的新枝部分变成了桦色，彰显出生机，其他的部分则沉睡在厚厚的树皮下。这树不只绿芽美丽，连下面的石头也是格外漂亮。

新芽一般是有特色的。每棵树的树芽颜色不同，光泽有别，芽香亦不同。远看，各种各样的树芽将树区分得清清楚楚。等它们长成青叶时，甚至变为红叶时，就没有如此明显的区别了。树叶之美在于新芽之时。

新芽有着特别的新鲜感。不仅如此，新芽还有助于树干和枝头的保鲜，为其增添色彩与光辉。新芽在勾勒出树木整体结构的同时，还会为树木展现出新的生机。而在这方面，青叶与红叶就无法做到了。树枝本就是一种看上去毫无表情的稳定存在。在树枝上的新芽如同空气，又如同一阵风，带着光泽与香气。它将树木生长过程中的不同侧面予以同时显示。

但是，树之美更多地在于其冷酷、坚固之处。树干、根、枝等之美就是如此。新芽的美，是短暂的美。与之相比，树干、树根、树枝的美是一种凝固的、不可动摇之美。它们更具持续性，更加没有表情。寒林之美便是如此。

东洋的教学所追求的不是新芽境界，而是枝干境界。前者之美是时刻变化之美，后者之美则是持久冷酷之美。无表情之美构成东洋之美的中心，它更加不可动摇，修饰更少。石头、土、树干、树枝等都是自古就为人所观察和描绘的东西。比起叶子、花、果实等而言，树干与树根等则是更加具有根本性、长久不变的东西。比起花叶之美而言，这种寒冷坚固之美更有深度。

相比之下，西洋的花草之美则多集中于花上。比如，在西洋，透明的玻璃杯中可以只插百合这一种花。这种花草之美不仅不曾有所减，反而愈显强大。那么，在日本的花草中，有哪些花可以直接取来用作欣赏之物呢？在日本的花中，菊花甚是丰厚。然而，菊花之美更多地在于根茎和于根茎处生长的叶子上。若是丢掉叶子，菊花的美又将在何处呢？牡丹也是花美之物。只是如果没有叶子的话，又何以得见牡丹之美呢？

在日本的欣赏方式中，花要跟叶与茎相连，有时甚至要连根一起欣赏。比起花自身，倒不如说，赏叶才是日本的兴致所在。

一块石头，一棵树，一根草，它们究竟是如何在我们眼中成形的呢？

　　画一块石头时，东洋画会描绘石头所处自然风景的一角。一棵树、一根草等也是如此取景。树、草、石头所处的自然之景都会进入视野当中。当我们观察桥梁、河流、深渊、平原时，所观察的其实是桥梁、河流、深渊、平原所处的风景。这与地理附表中计算山川河海不同。故而东洋画中没有静物画。一石、一草、一木在西洋画中都是静物画，而它们在东洋画中却是完完全全的风景画。一根粟穗就是与一根粟穗相关的风景画。由此，在日本的语言中，助词"てには"就颇为发达，并由此形成世界上最短却意境丰厚的诗歌形式。

　　于我们而言，土里长的草芽之美并非一芽之美，而是土、日光与草芽共同构成草芽的风景。所谓壮大之美，就是给人以极大震撼之美，然而，它不在于形状之大。在东洋人心中，一盆松中可见一片松林，一簇草芽中可见一片草丛。草芽中所见的不只是一种风景，同时也是一种广泛的美。

　　从上野图书馆出来步行到上野广小路方向。自治馆前好像有一个音乐会。门还没开，已经有几个年轻人在等候。他们个个都是当代风，时尚潇洒。与此相对，美术馆前见到的人则是另一番景象。他们总感觉有些邋遢粗野。音乐与美术之间，其鉴赏人群之间也有如此大的差别。

　　想听音乐的年轻人，定会在冬天里带上时尚的围巾，夏天里戴上崭新的阳帽，还要会一两首流行歌曲。等流行过后，一去不返。看似身怀执着，却似无缘。

　　置身于流行的热情中与之同进退的态度，构成流行歌曲的生命中心。故而流行歌曲反而只是时代的表象。与此相比，美术中不存在那种流行之风。虽然美术本来也有流行与过时之别，但这在其他事物中亦可见。在美术中，既没有仅时兴六七个月的急速流行与衰退，也没有切换于热情与冷淡中的激烈变化。音乐的这种激烈变化之性格或许才是音乐热情中的基本性质之一。

此时，在乡里高岗的背后，红彤彤的太阳正在下沉，这在关东平原上是见不到的。这令我突然想起年少之时。年少之时对落日总是心怀感叹与哀伤之情。我已经忘记了这种心情曾经保持了多久。可是，落日又为何会令我如此强烈地感怀呢？

年少之时，夜是令人惊恐的世界。它甚至是充斥着妖魔鬼怪等不可思议的世界。它遮盖一切，充满恐怖与黑暗。有恐于黑暗的年少时期自然也会惊恐于落日后的禁忌之夜。

年少时，我们会为别离深感哀伤。那种程度的离别之情如今我们已然无法体会。当年在毕业典礼上唱着《萤之光》惜别的心境早已不复存在。我们习惯性地预想着离别后的重逢，即便离别后再也难以重逢，也会坦然很多。年少时期的我们所关注的只有眼前的现实。别离的哀愁，在落日中可以感知。进而，在秋末、年暮之时也可以感受到。走在晚秋的田野中，望着凋零的花朵，看着即将逝去的暮年，心中甚是悲怆。

昔日那纯粹的情怀已悄然消失，内心早已索然寡味。望着眼前落日的余晖，心里还是会想起那些背后的种种，也包括曾经的伤心事。

米勒的一生是凄惨的，由此，我一度认为其作品也是十分惨淡的，而且我们所见到的复制品中都可见几分惨淡。然而，有几次在法兰西美术展览馆中，我所接触到米勒的作品却是非常明艳，令我难以置信。如此明艳的作品竟然为米勒所作，这完全颠覆了我的认知。之后，我又留意了一下日本的复制品，发现其中果然可见那种明艳之处。那些凄惨之感其实是源于粗糙的印刷。

不过，这样的误识不只限于我。前年，在大隈会馆中田能村竹田的作品展览会上，我观看其遗作时发现，那些自中国传来的画册中印刻粗糙之迹原封不动地出现在他的作品中。竹田画中特有的隐逸之味，在于对模刻的模仿。那么，竹田没有将这些印刻粗糙之处看作是问题。这点与我们是相同的。

米勒一生悲惨，却留下如此明媚的作品，甚是令人不可思议。然而，可能正因为这些明媚的作品，他才得以熬过那些苦难的岁月。如果没有明媚之心，那种生活便可能是一种机械的、处处不合时宜、充满困窘的生活。他在生活中没有丢失那种明媚之心，才是其异于常人之处。

我在书架前抽出了《西鹤文集》。翻到"武道传来记"的卷二，看到一幅插画。画中的两名男子在互相砍杀。刀长几乎是一人身高。刀背涂成黑色，刀刃显得愈发尖锐。这是比较简单的多效果画法。画中一白衣男子展开手臂。背景有山、岩石、松树以及落叶树丛生，山峡处可见人字形斜屋檐。人物造型上缺乏动感，特别是脚趾头等刻板僵硬，完全不像是在互相砍杀、一决雌雄时的脚趾头模样。书是《有朋堂文库》里的书，尽管印刷中有粗糙之处，但是人物造型并不像在砍杀，而像是套着模子画的。背景中的风景则更加不成形。按理说，在德川时期，土佐等已经形成良好的背景描写传统，画出高质量的背景似乎不是很困难。

然而，这幅画却完全失形，可谓是"不辨人貌，不分明暗"。

再看其他几处，不论哪幅画都定会画刀。且不用说拔出来的刀，插在腰间的刀也颇具明显的威严之感。

这幅画的下一页是全文的结束部分，其中写道："持枪的手被砍落后，林八立马用左手拎起自己被砍落的手，千钧一发之际奋力把对方的刀打落……"相关插画虽然在别处，不过，其中所描述的"捡起自己被砍落的手，打掉对方的刀，并将对方打倒在地"却是了不得之事。作者将如此了不得之事写得甚是流畅。作者唯独对刀报以特别的情感，并将其刻画得活灵活现。这恐怕不只是出于作画层面的考虑，这里应该是在暗示着当时所处的时代。元禄时期（1688—1703），刀的直接性本就颇受关注，这点耐人寻味。

昭和二年（1927）五月二日东京的无线广播里播放着这样一则落语（日本一种相声），是由柳屋小三治讲述的。

> 暗恋袈裟御前的远藤武者盛远在向袈裟告白之后，袈裟御前说："已是有夫之身，请帮我杀掉丈夫渡边亘。"为了这一句话，盛远潜伏一夜后将其夫斩首。然而，在星光下查看时却无法辨别被斩首之人是男是女。将手搭在脖子上的切口处时，发现了上面沾有早饭颗粒。原来被斩首的是袈裟御前（今日的早饭）[1]。

上述摘自当日的东京《朝日新闻》，括弧中的"今日的早饭"

---

[1] 日语中"今天的早饭"与"袈裟御前"的发音一样。——译者注

是该新闻添加的内容。

　　读了这个之后，我很是生气。甘愿为丈夫而死的袈裟，以及一心想杀死渡边互的盛远都是心怀真诚的。对于如此惨情竟然丢出饭粒这样的包袱，将这种悲伤之心、悲痛的行径与早上吃过的饭粒结合在一起以博人一笑。这是令人无论如何也笑不出来的。况且以脖颈切口处的饭粒为焦点，将其跟早上吃过的饭粒相结合，虽然不知道是出于什么逻辑，但是如此这般实在不像话。

　　这种现象不禁令人担忧人们未来的思想是否会日渐恶化，良风美俗是否会日渐败坏。通过公共机构来讲述这样的相声难免会让人如此联想。

　　拼上性命的赤诚之心与行为被生搬硬套地做成一则玩笑，真是毫无怜悯之心，不知羞耻。袈裟御前深陷两份爱情中，且不说杀人行为是否得当，其内心深处却有高尚之处，为她动心的盛远同样有高尚之处。将这样的故事以饭粒为包袱丢却出去，尽显无情。虽然不知这个落语是谁的创意，也不知道以前是否有人讲过类似内容。不论如何，这都是不可宽恕之事。

　　八木奘三郎以前在报告中，曾就秩父浦山村的孩子们的玩具写过一段话。

　　　　孩子们的玩具有陀螺，用棣棠叶子卷起来做成的竹子，用草和头发编出的人偶、白、杵等。此外，他们还会以核桃、橡子等为玩具。

　　孩子们会将自己周边的东西全都玩具化。那里包含着孩子们天真烂漫、无忧无虑的生活。不过，大人也是如此。东京最近盛行过圣诞节。一些过圣诞节的人甚至不知道圣诞节为何物。他们潜意识里觉得圣诞节是每年的例行活动之一,是给孩子们送礼物的节日。日本家庭是以孩子为中心的,因此,妻子称呼自己的丈夫为"孩他爸",丈夫称呼自己的妹妹为"孩他姨",称呼自己的父亲为"孩子他爷爷"。这些都是以孩子为本位的。在这种孩子本位的家庭中,圣诞节是很容易融入的。人们也觉得这事开心愉悦,也非常乐于给孩子们送礼物。当年佛教进入日本不久后,很快就有人想将其大众化、娱乐化,这跟圣诞节一事倒是形成不错的对比。佛教徒本身也曾考虑过在四月设置花节,试图在日本人的现代生活中加入一个节日。但是,要过这个节,人们就得在日比谷聚集排队,而且在这个节日,人们也不会给孩子们准备礼物,不仅孩子们不期待,大人们也会经常记不起该节日。如此来看,要想让花节融进家庭,最好以佛神的名义给孩子们带些玩具之类。

在圣诞节例行化、娱乐化的氛围下,思考浦山村孩子们的玩具一事便颇为有趣。八木氏报告的是明治二十八年(1985)的事情,虽说在浦山村,但如今也一定发生了不少变化。赛璐珞制的玩偶和飞行玩具等应当已经进入孩子们的生活中。虽然如此,但我不希望学校的课堂也变得娱乐化。数学和物理课堂上,即便想娱乐化也并没有那么容易。但是,国语和图画等学科的课堂最好不要娱乐化。

《国文教育》 昭和二年六月号

广　告

　　孩子在院子里玩耍。房东家的孩子也加入了进来。二年级小孩领头，带着七岁和六岁的孩子，共三人。他们比赛从家门到门口谁跑得快，远远的就听到他们在院子喊着"我是第零名，我是第半名"。比第一名更快的是第半名，比第半名更快的是第零名。不用说，这肯定是二年级小孩喊的。这种名次之分虽然有些滑稽，但其中也不只是滑稽，它让我想起了最近二三月份开始出现的书物大广告。

　　最近，以《现代》《King》《改造》为首的杂志，包括一元全集书、少年书等，都见到这种大广告。以前说到大广告，有drug 人丹、mituke 肥皂、club 香粉之类。本以为是在模仿这些杂志的宣传广告，实际上它们远超这些。占据整整一页的广告已不足为奇了，有些广告竟长达两页，还好尚未出现三页的广告。不过，做三页的广告着实有些困难。

　　不只是广告大小的问题，广告的性质也是如此。如今的广告活动打破了比较概念上的最高级，会在最高级的基础上累加最高级。比如，"超级特别大型公演""绚烂华丽光辉灿然夺人眼球的大珠玉篇"等等。像这种不厌其烦地使用"超"字等来展示气势已是当今广告活动的常态。根据我们的用词经验，这种程度上的强烈冲击感不用说一天了，可能连半个小时都维持不了。然而，广告活动的神经却可以持续一整年乃至更久，不曾有所倦怠。如今的书物广告就是将广告活动的刺激度与药妆广告的骨架外形进行合并后的产物。以"超"为题、以"大"为形的广告，与之前的第零名、第半名又有何异？

曾经听过一个故事。在某个镇上有一场大特卖。最初一家的标语称自己的特卖价格是"东京第一"，接下来的一家说自己是"日本第一"，再接着下一家说自己是"世界第一"。这种廉价比拼程度让人震撼。打肿脸充胖子说自己是世界第一、举世无双真的饱含诚意吗？后来，直到接下来的一家说自己是"本镇第一"，这个竞争才告一段落。

如此这般，像第半名、第零名这样的先后顺序，终究回归到一般用语中的"某范围中的第一名"。有心人可以收集一下这段时间的广告用语，毕竟这将会有助于对日语的语言力量的考察。比起二手语料而言，日本的修辞研究学者应当更加注意眼前的这些语料。在过去的五六年里，广告间的互相攀比现象值得我们一一比较研究。

A 妇人杂志曾登载过 X 氏的毕生大作。B 妇人杂志同样也登载了此作品。毕生大作一般是作者一生中唯一的作品。不过，妇人杂志却让 X 氏在一个月内发表了两篇毕生大作。由此，X 氏便被迫在妇人杂志上获得了两次人生，甚至在下个月、下下个月里都会继续累积数个人生，从而成为具有若干生命的拥有者。原本 X 氏长久以来一直相信生命是独一无二的，但若要强行订正自己的这种信念，X 氏只能让自己的人格进行分裂了。毕竟原本唯一的东西只有进行分裂才能变成多个。以人格分裂、大作家、毕生大作等作为广告的中心，也就是说以编辑的想法作为广告中心的做法，终归是自相矛盾的。在这里首先被愚弄之人不正是自己吗？其次就是天下的妇女，再其次就是杂志爱好者们。

大型广告与刺激用语可谓是为广告事业开创了一个新方向。新方向要一般化，就必须有打动一般人的声势，就必须形成足够强大的刺激。因此，药品、化妆品的大广告，活动广告的"超级性"内容就非常必要。只不过这种经营方式一刻都不得暂停。曾经有一个清凉饮料公司停止了广告宣传，结果其营销业绩也戛然而止。

大广告形成的声势效果无非是通过造势来制造一种流行。不过这种流行会有两种性质。其一，流行总是从一种新事物向另外一种新事物流动。其二，流行的本质是一种模仿行为。流行并非基于正确的价值观，而是基于自己对于别人的跟风。别人不做了，自己也就停手了。流行总是在模仿眼前的变化。

如此，一元书、妇人杂志等悄然间便化身为一种流行。大型广告使之流行化，批量生产保证其低定价。定价降低是一种炒作。人们以这种炒作为出发点，试图构建出一种流行。

然而，让其化身为流行的同时也意味着潜在的危险。流行因追新而出现，但像全集书那样的出版事业真的可以长期引起人们的兴趣吗？特别是这些书大量采用同样的装订、同样的组合方式，久而久之必然会令人感到乏味。虽然人们能够轻易地通过"高声之势"来制造流行，但同时这也易于引发其他问题。跟随前一个"高声"之人，将来也必然会跟随之后的"高声"。而且之后的"高声"是比前面的更加新颖的东西，其中的流行之力是越往后越大。由此亦可见，流行本身存在一些内在问题。若想要长期抓住人们的心，最重要的是降低声音，且保证相关范围内的有效性。不是追求"世界第一"，而是应当怀着"镇内第一"的初衷。

　　因此，从另一方面说，世人有必要被告知世上还存在一些出版数量少、朴实但持久力更强的书物。一元书、廉价书的供应确实非常难得，但是我们无法让人们相信这些书籍就应当如此廉价。面向少数读者的书籍自然会比面向一般群众的书籍价格要高。在彻底普及一般廉价读物的同时，也同样应该彻底普及少数特定读物，并进一步明确这些少数读物的价值。

　　一般的大众读物旨在流行，此处无可厚非。大家读的书我也读过，这样相互之间既有交流的话题，又可以跟上大众的节奏。"您也读了吗，那么我也读一下"，这是流行的力量。因此，一元书从一开始就旨在极大地冲击购买者。但是，一元书与全集书等都有不便选择内部书目之处。在购买国语书、汉文学的丛书时，总是能碰到那么几种重复的书目。这些书也说不上完全不同。妻子有时见状会说，家里有好几个孩子，一人分一本就好了。但是，孩子毕竟是孩子，父母给孩子分了书后，很快又会见到重复的书物。不过，在这方面，不得不说，《有朋堂文库》中的分买选择法就友好了许多。

　　比如，《古典全集》中就有《徒然草》之类的一般书目与《狩谷掖斋全集》等特殊书目。不过，对于那些需要《节用集》《本草和名》等风格书物的人而言，他们一般都已拥有若干本《徒然草》。因此，如果想要更具人性化，像《徒然草》之类的一般经典书目与《狩谷掖斋全集》之类的特殊书目之间，最好予以区别，如果能让读者选择性购买则更好。每每想到这些，总觉得小有遗憾——不过，由于手头没有出版目录，上述所列书目可能有所出入。

如此这般，在大量获得空前读者之后，又会因流行而丢失这些读者，其反作用就是，很有可能会形成对于书籍的轻视。因此，当下这些空前的读者数量很难说不是在为未来埋下祸根。

从日本的现状来看，一百日元的腰带，一百日元的西服自然都说不上是高价，但是，要说到书物一百日元一本，大家必然有所惊讶，毕竟读书一事在大众社会生活中尚达不到如此地位。因此，一元书的出现确实是一件大事。像买报纸一样买书固然不是坏事，只是如果企图大量地订阅式购买的话，那就要有麻烦了。

我也觉得一元书极其便利，已经预定了五六种。但是对于广告，我建议应稍加收敛，在营业方式上，不要采用流行化的营销方式，而应合理评估预订者、中途退订者的数量。流行化的方式会让参与者的数量忽增忽减，最后甚至不如广告投放之前。即便一本书的价格稍高，也不应靠投机取巧的方式来吸引读者，而应坦诚相待。

文化本来便不是在摧毁其他文化的基础上成立的。不同的文化之间是可以并立存在，而不互相侵犯的。这皆源自文化之个性。但是，像书籍出版这样的工作，与啤酒和清凉药一样，通过竞争排挤他者，以求立足，自然会违背事物的原有属性，并非乐事。

经过四五天疯狂肆虐的广告后，书籍的订阅工作也就基本告一段落了。报纸上的广告栏也清爽了不少，像是被初夏的风吹过一样。我心里也轻松了不少，便把些许感想写在了这里。（六月五日夜）

《国文教育》 昭和二年七月号

周日一信

这是岛木赤彦老师以奋名柿村人之名，自明治四十三年（1911）到四十四年（1912）的两年里，于报纸《南信日日新闻》上连载的《周日一信》，该报纸发行于老师的故乡长野县下诹访町。老师最早的歌集《马铃薯之花》是与中村宪吉先生合著的，那时用的就是久保田柿村人之名。大正十五年（1926）三月，时值春日，老师于下诹访町高木的家中离世后，在床边照看老师的弟子们便开始提议整理保存《周日一信》。报纸乃读完就扔之物，已经完全散失，只是存于记忆中，并无法再现全貌。后来，还是多亏老师的弟子之一藤森省吾历经艰辛收集当时的报纸，才将这些稿件不留遗憾地整理完整。作为老师的弟子，《周日一信》也让我爱不释手。那种清澈简朴之劲道让我至今难以忘怀。这些都是老师十几年前写的东西，将它们再次在东京这样的异地他乡公布，也许并不合乎老师的本意，但我相信，这样的随笔必会随着岁月流淌而价值渐增，绝不会有所减少。老师所谈到的问题、讲到的人生感悟等虽然属于明治末年之事，且主要发生在长野县一带，但是，这些问题与感触必然也适用于数年之后更加广阔的土地之上。我们想将这样的喜悦再次让更多的人分享，让大家共同欣赏。老师离开广丘之时，曾对眼前的树林与苔藓赋歌一首，以作惜别。

　　想来数十年后，吾与林终将无形骸。林之被伐兮，吾之
不存兮。

　　然而，不承想仅仅十五年间，老师已然辞世。老师那对于生
命的渴望见于其所作和歌中，见于其对待疾病的态度中。我曾跟
着老师多次走过广丘的树林，如今老师已不再，那林子不知还在
否？面对此文，心中感慨难以言表。

《国文教育》　昭和二年八月号

展览会场

　　这是东京朝日新闻社的明治大正名作展览会上的事情。我正站在平福百穗先生的《豫让》前。一众女学生蜂拥而至。人群中传来朗朗的讲解之声。我受到惊吓，循着声音的方向看去。女学生中有一位年轻老师，戴着麦秸帽，正在解说下村观山老师的《春雨》。"大家看，这里有几人呢？是的，四人。这里聚集了三人，对面有一人。如果将这四人零散地画在桥上又会怎样呢？没错，作画时需要注意画中人员的布置。"随后，《春雨》的讲解便结束了。接下来女学生们拥至《豫让》这里，正好把我包围在里面。"这个是平福先生的《豫让》，豫让脸上纹了文身，正瞄准着这个车上的国王。"然后老师的讲解就结束了。难以想象这朗朗的声音之下，竟是如此简短的讲解。之后，对于土田麦偆先生的《青禽趁轻图》、榊原紫峰先生的《赤松》也都是径直走过。其中有一个学生问道："老师，可以画这么又圆又奇怪的松树吗？""可以的。"老师予以一词许可后便走向了下一个展厅。如此回答估计榊原先生听了也会惊讶不已吧。我也是恭列教师末席，现在回想起来，感觉到脸红不已。到了下一个展厅，那位老师又开始了讲解。我跟了上去，讲的是木岛樱谷先生的《驿路》。"这个叫什么？是的，'駅路（ekiro）'。是的，这个叫作'うまやじ（umayaji）'。大家知道这是哪个季节吗？是的，春季。"

这位老师说着说着就走过了菱田春草先生的《黑猫》，直接走到横山大观先生的《潇湘八景》前，这位老师又说道："一般来说，这可是日本第一的画家。记在本子上。原本这些是中国八景，这是对其进行模仿而创作的近江八景。"之后，我想听一下这位老师对于菱田春草先生《落叶》的讲解，就提前走了过去。他们像是学西洋画过来的，在反方向绕着看画。"这个是落叶。眼前的花比较大，远处的花比较小。请认真注意这点。"这位老师的讲解仅此而已。在这个老师这里，这幅画也仅仅是远近画法的一个案例。随后，他们就快速地往前走了。我也就放弃跟行返了回来。这个老师的年纪大约三十上下，年纪轻轻就已到了如此境界。当然，我无从知晓这位老师所授科目。或许老师并不擅长画作讲解。我原本也没有期望所有老师都对画作有着十足的洞察。但是，如果不懂，希望他能持一种不懂的态度，希望他能有一种正直与谦逊的品格。声音朗朗却又不知所耻的态度让人厌恶。不知何时，我忘记了自己作为教师之耻，有些开始同情学生了。为什么学生不可以选择自己的老师呢？为什么学生就必须默默地接受教学上面的各种分配呢？为什么大胆说出自己的意见，学生就必须遭受惩罚，甚至会被退学呢？

以前的教育体系中，首先是弟子择师，然后才形成师徒关系。然而，在如今的教育体系中，如此状况已然少见。在一些特定内容的教学中，比如书画学习中，弟子会择师而学，而到了学校教育阶段则无法如此。学校并不是从学生择师之处出发。学生会进入某个学校，但并不以某个老师为师。即便小学教育中一个老师教一个年级，学生也不可以选择老师。同样，即便一个年级有五六个班级，学生亦无法选择自己信赖的老师。即便可以做一次选择，但是一旦老师发生调动，那学生将来就只能被动接受学校指派的其他老师。因此，学生可能对所去学校有所知晓，但对所从之师却一概不明。不是先定老师，而是先定学校。不是跟哪个老师学，而是跟哪所学校学。不是学艺于何人，而是学艺于何校。如此这般，学生择师一事，骨子里并未贯穿自由意志。大学之后，要是有讲座，或者像德国那样的移动讲座的话，姑且不论，但如若不是，学生只能抱着抽签之心等待自己的老师。有时好不容易碰到一位心仪的老师，那位老师又会面临职位调动等状况。一般来说，学生很难跟着同一位老师学习四到五年。所以，在当下的教育体系中，以往的师徒关系逐渐变为学校与学生间的关系，亦即学校当局与学生团体之间的关系。因此，一旦发生什么情况，学生立马就会抱团与学校对峙。此时，参与出面的不是老师，而是学校当局，老师则处于旁观者的位置。学生需与学校当局进行交涉。因此，学校当局很容易认为学生组团聚集是一种比较危险的行为。只是比起这样的问题，学校的教学体系更加值得深刻反思。

同样，教师没有选择听课学生的权力。当学生在道德层面有极大缺陷时可以对其进行劝退，患有重大疾病时可以允许其休养，但除此之外，教师似乎并没有什么真正选择的权力。正如学生不能选择老师那样，老师也不能选择学生。相互间只能万般苦痛地进行炼狱式的磨合。即便如此，也只是基于学校与学生之间的互选，并非 X 学生与 A 老师之间的互选。

因此，在如今的教育机构中，除了研究生院之外，学生没有自由选择的权力。试想我们在购买一册书、一双袜子时都有自由选择的权力，但是当我们面对一生之师、一生之妻时，却无法自由选择。由于未经自由选择，学校生活只能始于教师与学生间的测试性生活。其结果就是，像过去那样教师对学生的绝对信任以及绝对的责任感已然不复存在。过往的那些严厉、严格的教育方式自然也不适合于现在的教育。学校虽然有严厉严格之处，但仅限于处罚学生之时。不过，处罚并不是教育。学校不是警局也不是法院。这种严厉严格并非教育层面的严厉严格。因此，教室已不是一个神圣的场所，它不过是一个机构，是一个教师获得职业地位的机构。教室既然无关于教育，自然只能关乎职业。教室对于教师而言是现在的职业之所在，对于学生而言是产出未来职业之地。

然而，"学习"的行为总归是被动的。不管是什么样的大学机构，无论其如何倡导以学生自主研究为主，其本质都是经指导后的研究，都是以学生的学习行为为基础条件或先决条件的。即便上学本身是我们的目的，我们所在的学校亦并非具体之物。学校的形状只存在于人们的思维中，学校更加直接相关地体现在教室、教师与学友上。学习是在教师参与下的一种学习。关于学校的具体事实只存在于教师与学生的教学过程中。尤其对于学生而言，最为重要的是学习与充实生活，故而学生首先会对教课老师报以信任。然而，这只不过是一厢情愿的假想。对于学生而言，所谓可信赖的老师，不是自己选择的老师，而是自己信赖的学校所选择的老师。对于那样的老师所能寄予的信赖自然也只能出于一种假想之上。如此便构成当今教育的根基。故而，如今的"师道"源于学生假想中的信任。在过去，师道是源于学生对于教师的直接信任，但如今，这种信任只能起源于教师所进行的教学行为上。学生越是被动，师道就越是只能基于教师的行径。

如若学生集体反对某位教师，那么该教师就会不再具备做教师的资格。以前，学生会在自主选择教师之后再开始学习，学生的选择权于最初便得到了体现。而如今，学生从最开始就无法自主选择，只能在接受教学的过程中，慢慢培养其选择能力。学生首先选择学校，然后再在学校中选择老师。因此，一旦发现那位老师不适合自己，便会向学校提出要求更换该教师。这是授课教师与所选的学校之间的问题，学生并不会轻易放弃该学校，毕竟学校是学生自行选择的结果。反正在这样的学校中，对于不适任的老师一定会被恳请转任的。有一位朋友曾向博物课老师提出辞职劝告，他去找老师聊了很久，且晚餐受到款待。那位老师之后欣然转任。在近代学校中这也是别有一番情趣，相互间也算是了结了一番情谊。辞职劝告并不是师道的颓废，而是师道内涵的一种更新。

由于学生在学校生活中面对的不是 A 老师或 B 老师这种具体实体，而是学校这样抽象的东西，因此，学生对于学校生活而言并没有燃起真正的热情。正如东京这样的大都市没法成为人们的故土那样，教育只是一种机构而已，同样无法成为人们心中的故土。于学校及教师而言，学生的热情极其微弱。因此，将学生视为伙伴的老师在与学生的斗争中自然就会败下阵来。其中原因与学生热情之薄弱不无关联。以学校处理学生骚乱的实战结果来看，一般都是教师败阵，学校胜出，且几名学生受到处罚，其学期考试暂时延长，进而收场。

　　学生不可能丢弃自己选择的学校。学校是通往自己未来职业的必经之路。他们终归只能依附于学校。他们自知自己对学校的热情并不高。因此，学生们首先会相互集结，然后借助父兄会、校友会的力量，以及通过请愿的方式借助教育监管机关的力量等。令学校当局害怕的并非学生，而是其父兄、校友和监督机关等学校外部的力量。教育不是通过教育之力来支配，而是由教育外部之力来支配的。因此教育工作完全是事务工作的一种。就当下发生在某高等学校的骚动来看，学校自称为"处理"该问题。"处理"而非教导，意味着，这不是教育工作，而是事务工作。如果是教育工作的话，就会以学生的成长为基本的预设。鉴于是事务工作，则只需处理妥当、公关漂亮即可。基于这种"处理"的心理，令学校深恶痛绝之事都通过事务化的方式加以处理。于学校而言，教育不过是一项事务，一项完全机构化的工作而已。

　　从我自身是教师这点来看，自己真的尽到了作为一位教师的职责吗？"师道"是教师单方面要求学生具有何种道德吗？教师若不自我反思，可以要求学生吗？我坐在展览会的椅子上，心生惭愧，陷入了沉思。

　　在我的座位旁边有一位老人，身着一件有褶皱的夏季外套，外套衣领处的颜色已经褪成淡茶色。老人专心地查找着目录。翻得有些疲倦时，他向我咨询了一个问题。老人想找的是雕刻室正面摆放的半身像。这座像是佐藤先生的像，在目录里看不到。我就对他说，是这个人捐赠资金给这个美术馆的，雕像的创作者是朝仓先生，这座半身像是作为纪念像摆放在这里的，不是展览品，因而没有收入目录中。

老人嘴里叼着铅笔，盯着目录栏外，念叨着"福冈百万元，将财产一半捐赠给美术馆，美术馆开山"等等。同老人说话时，我想起了七年前过世的老父亲。我的父亲也是这样的性格。啰唆而又热心，特别喜欢美术。我把平福百穗的画帖带回家时，父亲像孩子一样开心，收起之后又拿出来反复欣赏。有时我在半夜醒来也会看到父亲在查看画帖，极其着迷。画中描绘的是蜻蜓停在青麦之上的画面。我是家中的长男，为了让我出人头地，父亲在我小学三年级时就非常严厉地要求我学习《论语》。然而曾经严厉的父亲后来却卧于病榻之上很久，终于在将近六十的年纪，才等到久未见面的儿子从东京回来，带回了自己心仪的平福百穗的画帖。忆起家父，我眼中泛起了泪花。我把身旁这位老人想成了自己的父亲。老人说，他的儿子昨天曾参观了这个展览会，觉得很不错，就一定要让他过来看看，所以他就从西边十五里外特地赶来了。他儿子在目录里面做了印记，标记出了他一定要看的作品。我对老人说，除这些外，还有很多好看的画。老人听我这么一说，就从右边袖子里拿出一小块纸。纸中有红蜡笔碎片。老人让我用它帮忙做了标记。随后，我因有一些雕刻还未参观，便起身离开。参观完之后，我便从雕刻室去往二楼方向。在上楼时不经意地往下望了一眼，突然发现眼前的雕塑、盆栽木、人，加之静谧的光线，在这样的空间中显得如此美妙。置身于这样的风景中，座位上的老人还在翻着目录。老人的旁边，也就是之前我坐过的位置上，有一位大学生半倾斜着身体，也翻看着目录。老人在向这位学生一一确认，正如向我确认他儿子的话那样。时间刚到下午三点，展览可以看到傍晚，估计老人要再看一遍了吧。从我这个角度望去，老人和大学生都已经成为小小风景中的一部分。在这之后，我满怀欣喜地离开了展馆。（六月三十日）

《国文教育》 昭和二年八月号

随　笔

　　那天晚上在多木印刷所，我做完编辑工作后就把材料交给了印刷处。我做的是随笔号的编辑工作。随笔是作者对于当时那一瞬间的具体感受的直接表达，有直击读者心灵之力。这种直接性相当重要。贯穿于随笔的感动源自具体的东西，它们是作者前行的驱动力。故而，随笔中不乏自相矛盾之事。比如，有的作者一方面说自己是何等厌恶读书，如何想放弃书籍归隐山林，隐居生活又是如何令人欣喜；但另一方面，本来已经放弃读书的人隐居山林后又重拾读书的乐趣。虽然如此，但从这种矛盾中，我们反而可以感知到作者对于读书的一贯热爱。起初，作者想要放弃读书，认为放弃会带来快乐，那说明作者对读书的热爱处于满盈的状态。而他归隐山中后又欣然读书，说明此时作者对读书的爱好得到适度满足。因此，不论哪一种状态，对于读书的热爱本质上并没有什么改变。这种矛盾反而具体而鲜明地呈现于我们面前。这不是经反省之后理性思考的结果，也不是把各种场合中所附着的条件一一撤走后的结果，而是一种更加直接、更加感性的直接形式。故此，随笔不是学术，是学术之前的东西。它充满着成为学术的可能性，还尚未成为学术。将这种感受予以言说，亦可有助于构建出学术的直接基础。

　　　　　　　　　　　　　《国文教育》　昭和二年八月号

山　麓

　　我现在在信浓北边飞驿山脉脚下的城镇里。不知道如今的地理书上把这里叫什么，不过，我们上学时的地理书上将这条山脉写作"飞驿山脉"。现在的人们都称它为"日本阿尔卑斯山"，飞驿山脉的称呼已然不再。但是，我不熟悉西洋的阿尔卑斯山，对日本的阿尔卑斯山的叫法也没什么好感。这个名字我亲近不起来。

　　这条山脉中有一座山叫作白马岳。春天稻田更替之时，山上那似马的形状就会变成一片黑色，人们便称之为"代马"。"代马"与"白马"的发音一样，都读作"白馬（shirouma）"。只是，白马还有另外一种读音"はくば（hakuba）"，现在一般用这种读音。自从东京的人们来登山叫出"はくば"的读音之后，就连当地人也开始跟着这么叫。

　　从中房温泉到枪之岳的途中，有一个叫大天井的山。这座山从安云平原上来看，两角冲天而折，像极了日本一些名城中的天守大栋，当地人就称之为"御天守[おてんしょ（otensyo）]"。当年陆地地形测量员可能没有听懂"おてんしょ"指的是什么，就把"大天井"的字样对应了上去。之后，又受到这几个汉字的影响，人们逐渐将其读作最易被识别到的读音"おてんしょ"，抑或是"だいてんじょう（daitenjo）"。如今当地人好像已经彻

底忘记了这里的地名原本写作"御天守"。来自东京方面的力量也在辐射着这些偏远的地方。

大町的街面地势相对较低,西侧屋顶上方的险峻山脉在盛夏时节仍然覆盖着积雪,绵延南北。这些山的名字连当地人都无法一一道清。山脉的险峻程度远远超越当地人的认知。我到这个小镇也有半个月了,几乎没有抬头看过山。到了山脚下就忘记了山的存在。岛木赤彦老师的和歌《大町》中曾写道:

> 云晴惊山近,雪流巧成溪;
> 雪残山峰多,城中惊举头。

在之后的和歌中,又将第二句改写成如下内容,收录在《十年》中。

> 雪残山峰整,城中惊举头。

这座山曾令老师惊叹不已,我亦有同感。

孩子抱了一捧花回来。在气候寒冷、土地荒凉的田野上花草长得不高,却格外美丽。从花到叶、茎都是韧劲十足。它们个头小,花瓣大,色泽艳。我们把花放进蓝色罐子里,置于地上。放在地上也不是要常常看,而是时而想起时,能去看上两眼。在地势低、温暖肥沃的土地上,花个头大,茎叶上的细绒也比较少。习惯了高原花草后,就会发现平原上的花草没什么情调,缺了些清爽。

这里即使在七月末的早上也能听到黄莺的叫声。叫声来自东边的山上。布谷鸟和杜鹃也在叫着。[1]夏日里，山上一片深绿，比松林之绿更加浓厚的云阴满映一面山上，看上去惬意不已。好久没有回到这个小镇，看着来去的云阴，听着鸟声阵阵，望着消融在溪涧里的残雪，心中不甚愉悦。不只是愉悦，心中更多的是一种静谧之感。

家中院里有石、梅、紫衫、细竹、寄生木、石菖蒲、松与柏以及孩子种的紫鸭趾草一株，草夹竹桃一株。花草有些杂乱。孩子说想要每年都能看到漂亮的花朵开放，于是便把那些长得不那么好的移到了花坛外。在转移的过程中，梅花树碍了不少事。父亲说那是自院子建成后种下的。梅花树个头比较大，梅花开得盛时，多到家里用不完。仅凭锄头和手劲，梅花树纹丝不动，于是便打算把梅花树彻底移走，却发现它前面的柏树也得移走。后来听说柏树也是在一个吉日里买到的。找人将它们一一移除之后，院子里就只剩下石头、寄生木、石菖蒲。于是我想到，在小学与中学中，要是逐个把教学科目等一一去除的话，那么会剩下什么呢？那估计就是"读写算"了吧？如能回归到这种境地，教育工作可能就会愈发鲜明了吧？就像是舍掉叶脉、颜色、阴影之后到达墨画那种境界一样。

家里二年级的孩子问我："如果不学习就会变成乞丐，是真的吗？""你在哪里看到的？"我反问道。孩子说是在修身书中。我一时也给不出什么答案来。毕竟误打误撞地走上求学之路的话，将来也有可能过得不如乞丐。一种滑稽、无奈与不可思议之

---

[1] 关于布谷鸟与杜鹃，有的日本人认为是两种鸟，有的认为是一种。——译者注

感泛上心间，让我不由得反思了自己的前半生。

透过二楼外部的障子能看到东边的夏之山。打开障子，看到了寄赠来的教育杂志。教育杂志上登载着各种书目广告，让人心生奇怪。教育类书籍的通病在于给人以几乎同样的感觉，它们直接反映出当下的教育状况。在书名上，像《缀方教授新思潮》《××新研究》之类等，用得最多的就是一个"新"字。其次就是类似《算术教授的本质》《教育学的本质》等冠以"本质"的书名。此外还有《手工课教授的真髓》《新教授法的真髓》等标榜为"真髓"之类的书名，以及《最新教育的根本问题》《算术教授的根本问题》等包含"根本"字样的书名。这些编者堂而皇之地讲着"新、本质、真髓、根本"等，可见其自信十足。而读者们所渴望的也正是这些"新、本质、真髓、根本"等。可谓是教育之法唯有想读者之想是也。

另外，在有关教育的论文中，连篇幅仅有三四页的文章也会添加绪论和结论。能如此轻而易举地得出结论，除了教育与宗教，恐怕别无他物了吧。

由此我想到了佐久间象山[1]。佐久间象山是秉承开国论之人。他曾经跟一个八岁小孩大谈特谈日本打开国门的必要性，一口气讲了三四个小时。据说当年的那位小孩如今已然年迈，但对象山当年的言教却依旧印象深刻。在当时来说，开国论绝非简单的想法。正因为不简单，所以才要讲给小孩，且是八岁的小孩来听。从这点来看，象山无疑是一个优秀的教育者。他能将这种没

---

[1] 佐久间象山（1811—1864），日本江户末期思想家、兵法家。——译者注

有结论的内容轻松地讲解出来且并不令人倦怠，可见其阐释之明晰。如今的教育者已然难以望其项背。象山能滔滔不绝地向小孩解说这一令人摸不着头脑、不知何时才能得出结论的思想。不得不说，这种自信源于其思想上更加新颖、更具本质性和根本性的地方。

女子教育是非常重要的。之所以说重要，是因为女性将来会直接影响到家庭生活。比起长男大学毕业而言，长女从女子学校毕业更是一件大事情。她们得认真学习做饭的方法，室内装修的方式，和服的穿法，以及说话用词。她们需要给自己的孩子教"爸爸、妈妈"。孩子在学叫"爸爸、妈妈"的阶段，能掌握的词汇数量有多少，我不太清楚，估计不到二十个，或者十个以内。然而，在这十到二十个词中，"爸爸、妈妈"这两个词就已经占据了一成到两成。这不只是数量的问题，这两个词同时也在告知孩子们父亲与母亲才是最重要的。由此来看，女子教育不是一般地重要。

从大町进入三里飞驿山脉后，有一个叫作鹿岛的村。信州的神是诹访明神，而鹿岛的神则是香取两神，是诹访明神的对家，是令他厌恶的神。因此，鹿岛的神在信州是几乎不被祭拜的。不过，鹿岛有一个鹿岛神社。因此，鹿岛于信州而言也是比较特殊的。鹿岛如今依然实行大家族主义，鲜有分支，依旧只有十几户人家。

据说鹿岛有个桶匠想去东京闯一番天地，便脚着草鞋连夜逃出了鹿岛。若干天后到了东京，立马找到了一家桶店开始工作。然而，三天过后，他听到外边有路人说，现在寄信到东京的话，明天就可以到吧。桶匠听后觉得有些蹊跷。这时又有人说，女儿已经在东京生下了孩子。咦，这是怎么回事？桶匠假装若无其事地跟人打探了下，才发现这里并不是东京，而是高崎。于是他又连夜出逃，终于找到了东京。不过，后来他是否如愿干出一番事业，我没有听全。

几年前去过一次鹿岛。有天我走在夜道上，正值秋末黎明未至之时。我小心翼翼地向前走，看到了不远处有朦朦胧胧的红色火光。火光一直在动，像萤火虫一样，亮光时而强烈，时而熹微。火光明亮时火的高度随之增加，火光熹微时其高度也随之降低。火向我的方向逐渐靠近，我心中也渐感不安。走近后却发现，原来是一名男子提着松明。松丸上点着火，以此照路。火光时而变亮是嘴吹气的缘故。冷的时候又会用于焐手取暖。他与我擦肩而过时，天已经开始变亮。他将松明扔在地上，用脚踩灭，向我打了声招呼，转身拐进了松林。

这里的村民到了秋天会进山伐木。在山上盖起小屋，伐木后让木头沿河漂流，然后在大町上方捞起。镇守大町的森林上方有一处砂原，人们在这里建房子。在砂原上，人们会以天地为材修建三栋小房。一栋供老人住，两栋供年轻人住。屋里抬头即是顶。覆上萱草，中央做成素土并烧上火。两侧是砂土砾砾的地面。人们在这里留宿一晚上后，第二天会到大町去卖木材。我家的房子等也会在用一两个年头后，购买一次木材堆积于仓库前。到了晚上，老人们会去买些乌贼干等回来下酒，小酌几口；年轻人则会到小镇上学唱歌，到茶屋里娱乐。卖木头的活会在旧历正月前结束，随后大家集体回家。当天晚上，留在村里的妻女、孩子与老人们就会聚集在山神之林，点起篝火等着家人归来。归家的人手里都会拿着前文提到的松明。林荫里有火光时，山神之林里的灯火也清晰可见。喊一声"哎"，对面也会回应一声。在对喊中，两边逐渐接近。这是夫妇、亲子之间久违的再会。正值一月之末，山野里尽是深雪，天气甚是寒冷。直到春初，大家都几乎无事可做，基本只能守在被炉旁。这段时期便是山村里的冬眠之季。上小学的孩子们也没法去两里外的学校上学。人们会在村子附近设置一个冬季临时教学分场。我家有一处亲戚也在这里。

可能正因为如此，当时连夜跑出的桶匠才会以为最先到达的繁华之地就是东京。这种故事带给人的愉悦，对于城市里的人而言，恐怕稍稍有些难以理解。

如今大町正值盂兰盆节。山里面仍然使用着旧历。七夕过的也是旧历，五月的节日、小孩们的节日也都是过的旧历。只有正月用的是阳历。借贷日期也都以旧历计算。到了这里，心情轻松不已，写下这些，感慨万千。（八月十一日）

《国文教育》 昭和二年九月号

开城之谱

开城之谱，这是以前一位德语系老师告诉我们的故事。那位老师因曾与当年的恺撒二世握过手而引以为豪，他在日德战争时就已十分亲德，但同时也非常亲日。他是那种当今很少见的老师，现已是故人。

现在的日比谷公园在明治初期时是一片草原。在那片草原上曾进行过日本首次的阅兵式。当时是非常盛大的仪式，曾招待过列国大使。在庆典结束之后第二天，俄国公使曾提出过一个问题。"在昨天的阅兵式中，军号所奏之乐有何特定的目的吗？""哪有什么目的，就是为了阅兵仪式啊。"被问到的陆军一脸茫然。当向俄国公使问到为何会提那样的问题时，公使如是道："我自己是军人出身，对军乐比较敏感，昨日军号演奏的是开国军乐。把开国军乐用于阅兵仪式是有什么特别的意图吗？还是因为大家不太清楚这个音乐是做什么用的？是在对我们进行嘲讽吗？我是如此考虑后才提出这样的质疑。"日本陆军听闻之后非常吃惊。第一次的阅兵式吹的竟然是开国之谱，让人尴尬不已。立马就下令调查。答复说："军乐队的乐谱中尽是些西洋乐谱，阅兵在即，练习的时间极为有限。可是又无法对各个曲目进行甄辨，于是就选择了其中的第一首，日夜练习之后终于赶上了军演。"大家可能认为，第一首肯定是最重要的，应该比较适用于阅兵仪式。然而，日本人是反向打开乐谱本子的，结果，他们以为的第一首其实是最后一首。如此，大家便演奏成了一首开城之谱，而且十分高亢。

地图。浏览学校所使用的地图时，我对北海道、朝鲜、桦太的处理方式感到不可思议。朝鲜的大小基本相当于本州岛，但是，却被画成仅有关东地区那么大。从东京到松本的距离，放到北海道来看，相当于函馆到小樽的距离。目测地图上的北海道延长了 8.3 厘米左右，但是中央线却延长了 13.3 厘米以上。旁边标有比例尺，可能问题不大，但对于学生而言，比例上的不同无法让学生感知到地图上的伸缩变化。即便可以感知，那也是极其不正确的。据说这是因为新领土的人口密度远远不及内地的人口密度。只是新领土如何宽广、人口如何稀少从这个地图上是看不出来的。即便向学生将这些情况说明清楚，也并非能让他们充分地理解。地图上是无法完全显示这些信息的，因此，对其形成的印象亦是模糊不清的。

一般来说，对于新领土而言，地图上记述的事项不多。既然不多，小图自然也是可以的。只要比例正确，不论多小，只要足够明了，小地图也可以自然明晰。如果是那样的话，采用小型地图也不足为奇。为了减少制作地图的经费，特别当对象为小学生时，提倡节约是再正常不过之事，但是比起眼前的地图而言，若我们将地图画成同等大小，那么，给学生灌输正确的地理概念时，反而会更加符合节约的宗旨吧？

《国文教育》　昭和二年九月号

祖　父

　　我的祖父喜欢打猎。到了冬天，地面完全结冻、狐狸即将出没村里的时候，祖父会在田地里准备一些雪，浇上水让其结成冰。然后在地上挖个洞，里面放上一块生肉，让肉的一部分露出来，再往洞里浇些水让肉冻在里面。这样一来，肉就卡在冰上，冰面上露出一小部分。然后，他会在离肉不远的地方建一个小屋，让枪口从墙上伸出来，瞄准放肉的地方。小屋连墙壁都是芒草覆盖。他只要扣下扳机，就一定会击中狐狸。狐狸在白雪中也是清晰可见。可惜的是，每次祖父感觉狐狸要来的时候，都是已经等候良久、困乏不已之时。当他意识到有咔嚓咔嚓的刨冰的声音，再定睛查看时，却发现肉已被挖出来，快要被吃光了。在接连让狐狸白吃了两三天之后，他又开始犯困了。有一次，他终于看准了，正准备扣下扳机，却发现狐狸已经尾巴朝着自己，准备逃跑。祖父在一声咳嗽中扣下了扳机，结果子弹竟然穿过自己的手心打中了自己的腿骨。祖父一下子就昏厥了。枪口可能是被堵了。在那之后，他的腿就没法弯曲了。

　　后来，祖父虽然不再狩猎狐狸，但还是会去猎鸟。为了打野鸡和山鸟，他亲自用鹿角做了两种形态的角笛。我现在还保留着其中一支。二年级的时候，我跟着祖父去过一次萱原。萱原上已经被收割过，枯萎的草叶中有浓浓的群青色龙胆花。祖父把角笛放在嘴边，吹出咕咕之声，草原上也有咕咕之声相呼应。祖父便说，里面大概有四五只鸟。然后，我和祖父沉下肩膀蹲在土丘后面。有时会听到高处传来微弱的声音，我以为是风吹过来。结果有东西啪啪地落在我的衣领上，是从空中落下来的松树黄叶。萱原边上刚有一点动静，就听到砰的一声。我"噌"地站起来，看见枯草里有翅膀在扑腾。被击中的鸟逃进草地，缩身在枯草中。我正打算跑出去的时候，祖父用眼神制止了我。祖父再次吹响角笛。咕咕咕。大约过了五分钟，刚才的萱草丛中，又探出三四个小头，身体却藏在萱原里。祖父说"打"，于是就听见砰的一声，又有一只掉进了枯草中。这次的鸟连扑腾都没有扑腾，直接栽了下来。其他的则逃回了萱原里。到了傍晚时分，秋风低拂，莠草摇动。祖父反复几次后，打下了五只鸟儿。它们都直接倒在枯草中。还有一只没出来，不过，感觉是不会出来了，我们便去捡拾刚才打下来的鸟。我也捡到一只。这时祖父的脸色却有些诧异。小鸟的腹部沾满了枯草和苔藓。受伤的鸟儿似乎因此得到一些治疗。之后一段时间，祖父再没有去打小鸟。

祖父会用打火石点火吸烟。他说吸烟不用打火石不行。孩子们觉得从石头中取火的祖父不可思议。祖父已经过世五年。每每想到祖父连翅膀都不让小鸟扑腾一下，总是一击中的，就会想到"熟练"一词。祖父当年使用的枪是村田枪。

《国文教育》　昭和二年九月号

教科书

　　小学国语读本的改善意见所提出的大体要求，是要以儿童的兴趣为本位，要尽可能避免长篇的、片段化素材的堆集。

　　以儿童的兴趣为本位，立足于儿童独立独特的价值判断，这跟将儿童期看作是青年期或壮年期的准备时期的意见正好相反。以儿童期的独特价值判断为出发点，也随即引发了一些理想主义式的教学方式，比如，采用最适合儿童的教学法，在儿童可认知的经验范围内取材等。居于本位的儿童兴趣与心理主义就会被结合在一起考察。其中的要点就是，要重视儿童的经验，符合儿童的兴趣。"因此，读本教材就应该在儿童的经验范围内取材，符合其兴趣，并且文章要写得优美且有趣，特别是一定要注意文学化。"

　　既然相关要求须建立在"文学化的实现与完成"之上，那么所谓的"文学化"是什么呢？"德国的小学读本里虽然有不少实用性文章，但那些文章大多是经过文学化处理，并非平淡无味。"如果摆脱平淡无味意味着"文学化"，那么，摆脱平淡无味的方法到底是什么呢？或者说，何为文学化的方法呢？

　　"气象与天气预报"类的文章就是纯粹的理工科类说明文，从国语教育的角度出发，很难对其进行有意义的处理。但是，如果在文章的开头写着"海面阴暗，白帆入目"这样的通俗民谣，并以此来引出暴风雨的话题，说明暴风雨是何以产生的，再辅以预料方法，以及面对警报时的处理手段等的话，那么，教材就会颇具文学色彩。由此便可较为容易地形成颇有深意的国语教学。以春天的花、秋天的红叶等为题，若能针对相关内容进行文学式说明，就可以在教授花与红叶等理科知识的同时，培养学生的情操与趣味。儿童也会对此报以极大的兴趣，由此，国语教学便可获得更多活力。近年来我国的固定读本也在逐渐实现文学化，或者说是在以文学化的教材为中心，令人颇为欣慰。今后实用性的说明教材应当尽量避免文学色彩的缺失。——《国语教学》

这里面关于文学化的论述写得倒是比较清楚。此外，还有人提出，将"神话、传说、传记、日常事项中的一切都提升到文学层面并非不可能"。

对于特定教材而言，确实存在实用性与文学性之分。只是这种区分并不绝对。如果以外部染色来定性进行比喻的话，文章可以是文学性的，也可以是实用性的，那么，文章就不是在创造过程中定性，而是在染色过程中定性的。换言之，对于特定形状的文章而言，它既可以是实用性的，也可以是文学性的，二者之间无法截然分开。这些形状会根据染色情况而游走于实用性与文学性之间。换个比方，男女之别不是生而有之，出生之时人是一种可男可女的状态。男女之别只能在后来通过发型、和服的颜色与花纹等来判断。像色调、发型之类的东西便成为区分文学性与实用性的要点。所谓"文章要写得优美"的关键可能便在这里。然而，如此想法无疑当认真斟酌。这是第一个问题。

其次，为了使教科书能够更加适合儿童，取材要基于儿童少年时期的经验。特别需注意的是，儿童少年时期的经验比较有限，各地儿童有各地的特征，各地应当使用各地独特的教材。农业地区应用与农业地区相关的教材，工业地区则用与工业地区相关的教材，山区使用与山区相关的教材，海边可选取与海边相关的教材。这些是出于对儿童经验的忠实，本质上认为国语教科书应当去追随儿童的个人经验。只是，这种思想背后其实隐藏着一种观点，即，他们认为让儿童去追随教科书是困难且不自然的，儿童的经验总归有欠缺，难以接纳经验之外的东西。

不过，教材是否适用于儿童并不完全是题材上的问题。根据植入的方式，不论是多么平常的事情，其内容都可能会远远超越儿童自身的经验世界。在观察庭院中的红花时，如果探讨的是花为何是红色这样的问题的话，那么这就已经不是儿童经验层面的问题。孔子面对心爱弟子之死，曾叹息道"天丧予"，这样的信息于儿童而言并非经验层面的内容。但是，当我在小学三年级读到《论语》中的这一段时，却是深受感动。丧失弟子后的哀叹无论如何都是与儿童经验层面相去甚远之事，但是那种感动却可以鲜明地产生于儿童的情感中。由此可知，与儿童经验相关的不是题材以及题材角色上的好坏，而是对于深度题材的处理态度，即，视角的问题。

这也是理科算术类科目与国语类科目的不同之处。理科算术类教材只有当知识被完全理解之后，才有其价值。理科算术中的一知半解是不完整，也无法完善儿童的经验的。因此，理科教学中须添加具有地域特色的内容，算术教学中须添加与智力发育相关的特色内容。毋庸置疑，桃核发芽是桃子在结出果实之后发生的变化。这个知识点早就是大家熟知的内容。然而，以前有名学生毕业于日本桥小学，后来去了东京府立第五中学，看到桃核长出了青色的芽后却感到非常震惊。该学生绝非智力水平不足，只是单纯地不知桃核会发芽这一事实。这种经验知识，是农村小孩子上学之前就早早知晓的东西。理科知识与生活不能紧密结合的话，定然是不完善的。但是，国语教学并非如此这般与生活现实不可分离。那些与生活相去甚远的东西，也是可以轻松获得普遍性的。不论是经历过的，还是没有经历过的都同样具有鲜活的生命力。国语读本不是要去追随儿童的经历，而应该是呈现让儿童去追随的内容。因此，鉴于经历上的差异而让国语体验局限于儿童自身的生活范围，这种基于心理主义的教学态度值得怀疑。这是第二个问题。

若是出于靠近儿童经验方面的考虑，那么，从文体上说，首先是现代的内容，其次才是德川时期的，即，时间越是久远，对儿童来说也就越是久远。但是，相比起更加久远的时代而言，时间上相对较近的德川时期真的就离儿童更近吗？德川时期的生活方式与想法等真的就离现代儿童更近吗？或许，《古事记》等书中记述的神代生活可能离儿童更近吧。

因此，将以上两点作为国语读本的改善意见尚有很多商榷的余地，不过，对于采取长篇文章这一意见，我没有疑问。不通过长文章的训练，阅读能力是无法得以形成的，这是我长期以来根据自己的经验得出的结论。我自己也曾参与长篇文章类教科书的编纂过程，这些文章在实际教学中取得了明显效果。以前人们选取某一著作作为教材时，并不是以心理主义中所述的儿童心理上的适与不适为依据。古时那种天下第一等的书，并不能说是简单粗暴的、不具备教育性质的。那样的教育中也当有不少可参考之处。(八月十二日)

《国文教育》 昭和二年九月号

秋　思

　　院子里牵牛花的花瓣数量不多，个头也小，早上开的花到了傍晚也不会凋谢，或者，到了晚上才姗姗来迟地绽放。牵牛花的开花时间已经无法为我估量出晨画的时间。作画时蛐蛐也跟着鸣叫，特别是到了晚上，更是鸣声不断。夜深时静坐于桌椅前，期待着夜晚最好的时间到来。深夜里猛然间听到有雨声打在屋檐上时，愉悦之情亦妙不可言。

　　现在是一年中最好的读书时期，也是美术史上的一段重要时期。不仅国语方面迎来了最好的机遇，美术方面也将面临新的契机。整个东洋美术史上最重要的时期恐怕莫过于现在。东洋画即将迎来一次转变。东洋画和西洋画都是从画人和动物开始的，但是，中国以六朝为始，特别是在东晋时期，顾恺之出世，不仅创作了风景画，还留下了一部风景画论。随后，一块石头、一颗果实，以及一只蝴蝶都被画成风景画。花鸟画成为风景画的一种，占据着风景画的一角。桌上的果实或笼中之菜，以桌子、笼子为背景，同样会被画成风景画。东洋画注重的是"形成中的形体"。以植物果实为作画对象时，就是以其成熟之时为契机，以自然为背景进行描绘。即便相关背景不出现在画面上，画面内容也会对此有所反映。因此东洋画中，没有像西洋画中所示的"静物画"的想法。西洋画中的风景从人物背景画中独立出来的时候，大致是画家雪舟所处的时期。当雪舟在如火如荼地创作着长篇风景画之时，西洋才终于有了风景画。西洋画一向以人物画为主，因此，同样是风景画，西洋画却是基于人物画。学习西洋画是从学画女性裸体开始的，石膏像等的素描也不过是其中的铺垫阶段。而那时，东洋画的学习则是从画石头开始。《芥舟学画编》就讲述了从画石头开始学习作画的益处。西洋画中风景画也是源自人体画，而东洋画中风景画则源自石头画。这种差异颇有趣味。通过比较西洋与东洋的宗教画就可以明白，西洋的宗教画都是肉体性的，或者至少背后也是存在一些肉体性的东西。但是，东洋画却不是肉体性的，是从石头、树木等自然之物中取材来创作躯体。东洋画中不会将肉体看作肉体，即不会出现全裸的人体像。在如今发现的二三例全裸像，原本也都是以织物蔽体。只是随着年久，导致衣物腐朽脱落，它们并非一开始就是裸体状。

因此在东洋，人物与动物等都源自风景画，与此相对，在西洋，即便是风景画也是源自人体画。在庭院中设计流水时，东洋会倾向于让器物倾斜以便营造溪流之声，而西洋则会设计出喷泉形式，通过人为的外在力量来改变水流的形态。在东洋，借助外力也是为了追求一种自然之态，而在西洋，施加外力则为了追求人为之态。如今，东洋的这种以风景为中心、以自然为中心的画风开始向以人物为中心的画风转向。风景、果实等融入人物画之后，形成的是一种静物画。静物画不是将对象物看作自然相关之物，而是将其看作与人相关之物，是通过人的视角对其予以观察。既然是处于人的视角中，那么，此时的风景、果实以及水壶等就不再是风景了。

因而，不论是在画杉树、房屋，还是水果、蔬菜，静物画的效果都十分明显。以风景、果实、鸟类、花等为对象的静物画日渐增多。它们正在变更着东洋画那原本独特的视角。因此，我所讲的东洋画正处于一种转向期，就是指这一转变。

这种变化在文坛上亦明显可见。比如，新感觉派的描写手法，若用美术来类比，就是风景画向静物画转向。这种向静物画或者人物画转变的风格正倾向于成为新感觉派创作的中心。

垣内松三先生的《国语教学批判与内省》自问世之后不断再版。垣内先生的国语教学注重的不单单是单词文字的教学，也不是记忆的教学。他所探讨的是如何走入学习者的内心深处，并从那里打开学生的内心。因此，于其而言，国语教学是一种教养的培养。

在艺术与文学的考察中，人们总是倾向于用"人格"一词来将最深奥的问题简单化。诚然，这确实与人格有关，人格层面的探讨也无可厚非。只是"人格"涉及众多内容，仅一言蔽之，所留余地不免过多。说到宗教时，人们马上就会提起"神""实在"以及"大我"等词。毋庸置疑，宗教终极探究的的确是"神格"的问题。只是，当言及至此时，可能再无可言之处。我们并不是希望将这些问题一次性地解释完，而是要在能解释的问题范围内进行解释，在能探究的范围内进行探究。对于艺术以及宗教，我们的认知愿景中应当有一种谦逊的态度。垣内先生的直观感受与深刻内省让这样一种愿景尽可能向前推进。这种态度尤其值得我们学习。

这本书所要传递和探究的是，在国语教学上，教之人与学之人要共同耕耘、共同开拓。值得庆幸的是，已有多人阅读过此书。如果这些人的学习能结出果实，那么未来将有一个更加优秀的时代值得我们欢欣期待。

《国文教育》昭和二年十一月号

向　日

　　到太阳下晒脊背是一种乐趣。在一片安静中，听着枯叶在土地上翻滚的声音也非常有趣。让阳光直射在脑袋上，很快便会有困意袭来，不过，要找一处阴凉地，让阳光不要直射在头顶上，仅让背部晒着太阳。这时就会发觉有各种各样的念头在大脑中开始成熟。之前一直隐藏在心底没有察觉到的念头、近在咫尺若即若离的想法等，让阳光一照，像是自然成熟起来一样。这种感觉就像苹果会在阳光的照射下自然成熟那般。找一处阳光好的屋檐，取一枚坐垫，然后一边让疲惫的大脑休息，一边惬意地翻着杂志，初冬的乐趣之一莫过于此。

　　现在的杂志，广告实在多得没法看。翻阅着厚厚的广告，不由得让人心生烦躁，兴致索然。一气之下，我把杂志彻底拆开，剔除掉广告页，然后再整齐地装订好。剔除的广告页非常厚，试着数了一下，有七十三页之多。把内封面也算进去的话，就是七十四页。看了下正文，一共是一百四十六页。这些广告全部都是书刊广告，这令我有些吃惊。然后我换了本最薄的杂志，是某府的教育会杂志，广告有十二页。其中一则是书刊广告，剩下的则是关于钢琴、铁道、糖、药、西服、图书网销、公司合盟、银行储蓄、内科医院、刷牙器具、生命保险的广告。广告页数为十页，占了整本的三分之一。其中的书刊广告之少，让人有些诧异。西服、药、医院，以及刷牙器具、银行储蓄等，从某些侧面来看，都是当今教育者们重点关注的内容。但是，前一本杂志中，书刊广告众多，又意味着什么呢？

我们家院子里有三个大南瓜。今天我把它们给摘了下来。房东家三岁大的孩子来这里玩，我就把大南瓜给小孩子看，结果小孩子拔腿就跑了。小孩害怕南瓜。看着小孩跑走的背影，我心中豁然开朗，原来如此。

今天的报纸上，有两点吸引我注意。其一是对今年春天举行的议会暴力事件的公判。数名议员在众目睽睽之下掐着反对党议员的脖子进行殴打，事后他们却对审判长声称自己丝毫没有动过反对党议员的一根手指。人们的思想不论如何还是有底线的。但是，在政治的背后还有背后的东西，没有什么底线。政治如果不考虑背后的背后，就没法理解。对于背后的背后进行考虑，这并不是逻辑上的问题。政治是这个世界上最难解的东西。这些人堂而皇之地否认在众目睽睽之下打人一事，且不说他们胆量有多大，竟没有人员觉得此事有蹊跷。政治家们心中考虑的是，只要能逃过罪罚即可，能躲过去的就不是耻辱。世上的人们对政治家的道德底线已然降到这种程度。跟搞政治的谈道德，荒谬至极，这些人连法律所规定的最低的道德底线或许都无法达到。僧侣不能做到持戒守律，也能受人信任，且延续数百年，没什么问题。如今道德的适用范围只是教育者们。政治家们的日常不守约并不是什么值得惊讶之事。如果教师不守约的话，就不会被人尊敬。政治家与教育者之间在这方面相差甚远。同样是伦理层面，对于僧侣的品性并无可置评之处，因为人们对此早已习惯。但是教师所讲的伦理，都会被一一应用到教师自身上。其中固然离不开学生的认真以及父兄会[1]的认真。如此可谓十分难得。当下世道中，能够通过伦理标准来约束人是非常难得之事。如果对教师都不加以要求的话，那么这个世上的伦理道德标杆将不复存在，只能以法律代行。然而最近的报纸中报道称，某学校机关中黑幕暴露，惊动了司法机关。事情的真伪尚不知。在那个学校里，人们似乎默认，既然是男子汉，就得去赴约。在赴约中被设宴款待其实是进行交易的一种方式。其所管理的一名教师就喜欢这么做，被他邀请如同一项耻辱。如果他明确说明这是交易中的一环，但他心中仍不觉羞耻的话，那么便可知这个人的居心，我们也可以以此做出判断。教育界在行政层面上已经与其他的政治机关没什么两样。即便在教育界中，有些角落也在被腐蚀着。如果根据今后的调查，确定其中没什么内幕的话，自然令人欣喜，可以早日撤诉。当然，像"男子汉就必须去赴约"这样的说辞，必须予以纠正。

　　还有一则新闻是关于"近期频发的令人心痛的家庭惨案"。东京《朝日新闻》报道称："最近，亲子自杀、家族自杀的悲惨自杀事件、他杀事件在各地频繁发生。根据本社的调查，仅从八月一日到今天这不到三个月的时间里，如此惨绝人寰的事件已经多达二十二起。"这些都是以东京为中心的临近区域为主要调查区域，但如果从整个日本的范围进行详细调查的话，案件数量可能会翻倍。穗积重远博士对此评价道："总体上说，这是因为成人没有重视孩子的人格，所以才酿成悲剧。大家总觉得孩子是自

---

[1] 父兄会的任务是督促学校工作等。——译者注

己的所有物。邪恶的父母亲会把孩子当食物来看。善良的父母，从根本上讲，也是将孩子看作自己的所有物。不论孩子多小，他们都有自己独立的人格。现在的父母应当对孩子的人格予以更多的重视。当今的社会组织也应当予以适当的调整。在这些事件中，即便孩子可以存活下来，也没有组织可以予以救助。因此今后也应当在政策上对此进行兼顾。"也就是说，其中问题有两处，一是父母将孩子看作自己的所有物，二是当今社会中相关保障组织还不完善。

卖身之人必然有各种各样的缘由。但是，被家人出卖体现了一种为了家人主动牺牲自我的精神，是为父母而牺牲自我的精神，是为整个家庭而牺牲自我的精神。这其中包含着对于孩子的父母以及全体家人的爱。卖孩子的父母，以及被卖的孩子，都是家人中的一员，都会为困难做出牺牲。这种对于家庭的体谅之情自古就受到世人认可，其中亦不乏著名的案例。德川时期的文学就主动汲取这些素材。这些文学作品得以形成，不是因为父母将孩子当作自己的所有物来处理，而是因为父母让孩子成为家庭的牺牲品。因此，让孩子一同赴死与将孩子卖掉之间所涉及的精神立场并不相同。

在日本人的观念里，他们杀死孩子后自己也死去，这是对孩子的一种慈悲。在自己都没法认同的世上，让孩子独自生存是残忍的。虽然杀死孩子也是非常残忍之事，但是比起把孩子孤零零地留在这个世上，前者可能更好。

对于父母而言，越是把孩子看作自己的所有物，就越不忍舍弃孩子。原本孩子就是与父母一体。正因为是人的孩子，所以无法孤独无助地存活。若是其他动物的孩子，没有父母也可能会生存下去，而人类的孩子没有父母压根没法生存。孩子本就是父母身体的一部分。母与子之间是被结合在一起看待的。孩子与父母之间是一种非常抽象的关系。没有人像父母一样可以心安理得地责骂孩子，之后心安理得地忘记这件事。也没有人像孩子一样可以在被父母训斥之后立马就忘得一干二净。孩子在被训斥之后，到不了五分钟就会跟什么事都没发生一样。如果训斥之人是邻居阿姨、学校老师的话，那个孩子估计要记一辈子了。父母与孩子之间就是如此这般结合在一起。父母会通过自己的身体感受到孩子的感受。孩子生病时，父母自己的身体也会有痛感。如果不是通过自己的身体，父母无法感受到孩子之所感。父母把孩子看作自己身体的一部分。自己死去的时候也是与自己一体的孩子的死期。特别是在这种没有生存意义的世上，如何忍心将构成自己身体的孩子置于世上呢？父母将孩子杀死，不是因为把孩子看成自己的所有物。所有物在人死时只会保持那原来的样子。因此，孩子的死并不是孩子就是父母所有物的证据。父母死时会让孩子与自己的身体保持结合状态。父母之死就意味着孩子之死。反之，孩子的死，也意味着父母的死。有的父母不忍自己孩子的畸形等，会在悲悯中将孩子杀死。那样的父母中有的同时也会选择自杀。这种心情与上相通。

　　这是大正十二年（1923）震灾时的事。浅草桥旁边的小公园内横尸无数。有很多是只有在日本才能见到的尸堆。他们叠压堆成一座座小山，每座尸体之山的下面一定是孩子。孩子的上面是母亲，再上面是父亲。尸堆见于各处，是一个又一个的家庭。为了保护孩子，父母用身体来阻挡火与烟。这是日本人的本能。为孩子而死正如父母所愿。被父母守护也是孩子所愿。亲子之间如此般紧密地结合在一起。孩子是父母之物的话，那么父母也是属于孩子的所有物。亲子之间互为所有关系。

在灾害之后，贺川先生似乎对此评论过，这是上天给人们的惩罚，死去的人都是有相应罪孽之人。然而，在神对人的惩罚与我们的惩罚之间，可能概念和范畴不太一样。如果确实不一样的话，那么这种惩罚就有些勉强，也没有什么实际意义。如果确实一样的话，那么其中勉强之处则更多。与死去之人同路的还有令其难以割舍的老人与孩子。神不应对他们施以惩罚的。贺川先生的话让我甚是气愤。父母与孩子一起赴死在日本的家庭中并不是一种苦痛。地震灾害发生之时，妻子说我不愿意去别的地方，要死大家就一起死。这种决心自然且理所当然。

父母与孩子同赴死亡，表明如今的社会组织形态是以家庭为生活单位的。父母在生活中出现问题时，会同时波及与父母一体的孩子身上。日本人的生活自人口分田之时，就是以家庭为单位的。像和服，在家庭里是没有固定所有者的。哥哥长高后穿不下的和服，会直接给弟弟穿。母亲的和服，若花纹不适合年龄，会让给女儿。家里的东西最终都会流向所需方。

日本没有可以哺育孩子的机构组织，可能是因为日本的社会生活还不够发达，但是，更多的原因是人们基本对此没有需求。世上的父母亲并不放心将自家孩子交给这样的机构。因此在东京的电车上，经常可以看到一个背着孩子、一个领着孩子，或是父母两人带着孩子共同出入。我很了解这种母亲的心情，她们相信，除了自己亲手抚养之外，再没有什么安心的地方可以让孩子成长。虽然这种母亲聪明且善于反省，但一旦关乎自己的孩子，便会如此考虑问题。这几乎是所有父母的心理。

因此，只有孩子长到一定年龄才会将他托付给幼儿园，而不会将太小的孩子送去那里。特别是，自己离世前，想到孩子会被送去孤儿院，那还不如让孩子一起赴死。日本人，特别是妇女们，对于另外一个世界表现出极大的信任。她们相信在另外一个世界，大家又可以生活在一起。法律上的母子救助法，虽然能救助活着的母子，却无法救下想着自杀的母子。

因此，"亲子自杀"是日本家庭生活特色下的一种必然悲剧。想要改变这种悲剧，让人们舍弃孩子是自己所有物的想法，或是制定某种母子救助法，都不可行。除了削弱家族主义以减少不幸之外，别无他法。

今日份的阳光让我想到这些。

《国文教育》 昭和二年十二月号

新　年

所谓年份的更替，不过是一种人为的划分，并没有什么意义。但是，这样的一种界限区分，对于人们思考新的东西，企划新的内容来说，似乎又总是有着比较深刻的意义。人们自身意识中的界限也会自然而然地反映在人们实际生活中的界限上。

世上的杂志大体上有三种情形：其一是讲座风格的形式，其二是所谓的杂志风格，其三是二者的混合形式。其中任何一种都不具备足够的系统性。第二种虽然在形式上缺乏系统性，但其内容上的多样之处倒也符合杂志原本的形式。杂志毕竟不是完完全全的娱乐之物，如果旨在提升教养的话，积极追求一定的系统性也是再自然不过。经过系统化构建的第一种杂志形式，即讲座风格，尽管看上去更加接近这种愿景，但其中多采用一种叙述性语言，很可能会缺乏一种与读者共同探究的态度。由此来看，第三种形式无疑是集叙述与研究于一体的。但事实上，那也不过是讲座风格与杂志风格的杂糅而已，二者并未形成完美的结合。

在国语学、国文学问题的背后，是国民生活方面的问题，二者紧密相关。语法书中所见到的语言形式自然是国语的一个形态，但是它们只有在实际使用中方可表现出真实的形态。国语的使用事关表述人、被表述之人的实际生活，它深刻而广泛地植根于国民生活中。陈列在博物馆里的法令典章等虽然也可以为人查询使用，但是它们真正的意义却离不开人们的衣食住行。衣食住行构成国民生活的一切根基。从这个层面上来看，国语学、国文学上的问题当重新探讨。

国语教育的问题在于读写能力的培养，以及读写两种能力间关系的研究上。我们必须清楚写作是如何影响着阅读，而阅读又是如何影响着写作等问题。如果可以扎扎实实地解决这些重要的问题，那么所造福的就不单单是我们。

在实际教学中，人们的学习、阅读、写作能力的培养已在不经意间被忽略。家中三年级的小孩正在预习《寻常小学国语读本》（卷六）中的第八课《老虎与蚂蚁》，讲的是微弱的力量能汇聚成强大的力量的故事。文中写道："呀，不好了，上千只，上万只，难以计数的蚂蚁出动了，黑压压的一片。"孩子读完之后，便盯上了书中的插画：一只老虎被打翻在地，仰面朝天，小蚂蚁们聚集在一起。于是，孩子开始用铅笔点着，一只只地数起了蚂蚁。数完后，他在插画右下方写下了数字"148"。既然是"上千只，上万只，难以计数"，那么，这个数量不对啊。然而，孩子的困惑并不能让人简单地一笑而过。是画错了？还是文字错了？二者不一致的时候，应该以哪一种为准呢？究竟应当如何看待文章、书画自身层面的数量与实际层面的数量之间的不一致？到底什么是孩子理解事物的基础，以及其标准又何在？以前人们认为这些问题不足挂齿，但是，我们必须通过反省这些事实来逐步构建教育的基础。对于国语学、国文学而言，我们应采取更加自然的态度，将精力更多地集中在具体事实的研讨上。谨以此记下新年伊始之时所想。

《国文教育》　昭和三年一月号

安全思想

　　最近，我们的生活与思想开始囊括各种维度的内容。不仅某一思想存在着对立面，而且即便同在一个系统中，也存在着对立的思想。在这种难以寻求统一的生活中，内心柔弱不安之人，就会一味地向往以前那种没有分裂的状态。在那种看似最安全的思想中，经常可见这种徘徊状态。尽管还没有到达英雄崇拜的程度，但是人们会把过去为世人所信仰的英雄，不加分辨地拿出来作为自己的信仰，以此来暂时性地逃避当下纷乱的生活。人们总以为过去正确的东西现在也是正确的，并且会不由自主地向旧时的信仰等靠近。这种内心上的贫瘠近来尤其明显。人们倾向于认为这是一种安全的思想，它们在那些普及性的出版物中甚是流行。在今年的新年号广告中，若是略加观察，便可发现当下宣传最广泛、最为抢眼的便是这种所谓的安全思想。

　　去年夏天，我在深山湖边的一个讲堂里听讲座，忽然听见头顶上有嗡嗡的声响。抬眼一看，有一只蜻蜓在天花板处挥动着翅膀。这只飞进室内的蜻蜓似是受到了人群的惊吓，想要飞到外面去。蜻蜓多是在地面上碰到危险，因此，它避险时会不由自主地往高处飞。这只蜻蜓也在不停地重复着这个习惯。然而，再往高处就是天花板了，蜻蜓撞到天花板后只能飞下来，然后再次飞上去，结果还是撞向天花板，反反复复持续了三十来分钟。在这个过程中，蜻蜓毫无反思、斟酌，更没有批判。因此，这种方式算不上真正的生活，充其量是对生活的模拟。

对于最近的英雄崇拜，我马上想到的就是蜻蜓这种逃向讲堂天花板，然后又落下来的姿态。

这种所谓的安全思想，其实是非常危险的。把高价值之物以低姿态来阐释和传播，结果就会使原本的高价值大打折扣。它并不能提升人的境界。只能使人安居于某处，无法让人进步。因而它是在消极地损坏事物已有的高度。它只能让人寓居于低位，或是将高处之物降格为一般俗物。这种倾向对于原本的事物而言，反而是一种污辱，危险不已。如今，总有那么两三种通俗杂志读物在很多家庭中推介所谓的安全思想，令人担忧。让有价值之物贬值蒙辱，没有比这更危险、更令人担心之事了。

在这个没有标准的世界中，暂时看上去像是标准的就是"流行"。流行的力量甚至会影响到那些一成不变、以不可动摇为属性的事物，致使其发生改变。流行不是基于人们自己的判断，而是跟风于周边的判断。此时，即便是自己之事，也会受制于外界影响。在这个跟风的过程中，人们一般缺乏内省和批判。决定事物的发展的不是基于自己的判断，而是基于他者的判断。流行依靠造势，人们总觉得声势越大，越能让人感受到价值，这也是为什么广告的体量越做越大。对以妇人和家庭为对象的杂志广告稍做观察，便可大体明白究竟是什么在驱动着今天的社会。那么，究竟是什么构成了那持久不断流行的力量呢？孔子曾在一条溪流旁边叹息过"逝者如斯夫，不舍昼夜"，当今世界亦给人同样感受。

精神层面的科学文化以不变为其特色，自然层面的科学文化则以变为其特色。当今社会很明显是自然科学之特色，而且试图以此来覆盖方方面面，甚至包含国语、国文学。这无疑是困难的。

人们不是倾向于将既存的事物从整体向部分展开，而是倾向于从部分汇成整体。因此，关键就在于如何将部分整合出来。但事实往往是，无论如何将各个部分整合，整体也很难从中产生。如果在部分中看不到整体的存在，部分就将永远都是部分。如果在部分中看不到串联部分的东西，就无法形成整体。所谓的"研究"，便是对这种不可能完成的工作寄以渺茫的希望。

只是，比起希望渺茫地致力于收集部分而言，我们可以转变态度，从整体出发，在流行中寻找一贯性的东西，在碎片中观察全局性的内容。基于整体性视角来更好地构建出整体，更好地区分出部分。不是将整体予以琐细地分解，而是在建构之中，在将碎片组成整体的过程中，来把握文化的姿态。因此，即便对国语教育中的事实进行考察，也不应对其进行实验心理学式的分解，而是将其看作一个整体，在探究整体之处安置根基。对其进行分析就是旨在对其整体姿态进行更加细致的观察。

如果我的意图有幸不被误解，那么我们的国语、国文学就不会单纯地堕落至英雄崇拜，也不会单纯地终结于一种流行，更不会偏执于部分的碎片化操作，而是通过深入地探寻贯穿整体的生命力来构建其最自然的态势。

《国文教育》昭和三年二月号

学习态度

根据青木诚四郎先生的《国语科学习态度之等级式考察》中的调查结果可知，在低年级，国语课有用且受学生喜欢，但是到了高年级，即便实用性得到认可，也并不特别受人喜欢。尤其从学生的爱好程度来看，优等生群体在二年级时会将国语置于第一位，到了四年级时则会将其置于第九位。与此相对，差等生群体则在二年级时将国语置于第一位，到了四年级时置于第二位。像这种受差等生欢迎却不受优等生欢迎的科目还有武术。武术在二年级的差等生群体中排第四位，在优等生群体中排第九位；在三年级的差等生群体中排第四位，在优等生群体中排第八位；在四年级的差等生群体中排第三位，在优等生群体中排第十四位。国语和武术之间的相似性，向我们暗示了什么？

中学四年级是学生对于自己的前途、人生等有着极大烦恼之时。在这方面，修身课和国语课等原本应当是对学生有着直接指导性作用的科目。然而，实际情况是，二年级学生不论差优，都将修身课排在第十一位，三年级学生则分别将其排在第十五位和十六位，四年级学生则分别将其排在第十位和十七位，位列最后。特别是，四年级本是学生面向未来的重要分水岭，但是修身课却仅仅是在差等生中受到一定的程度的欢迎，而在优等生中已然位列末位。如此局面，不得不让人反思。

　　与此相对，图画课是大家相对比较感兴趣的科目。图画课在二年级时，分别被排到第十三位和第十四位。在三年级上升至第六位和第二十位。但到了四年级，则位列第十五和第七。也就是说，在优等生群体中，图画课突然间从十二位上升到第七位，而在差等生群体中，图画则从原来的第六位降到第十五位。其中可能存在着一些特别的理由，尽管无从决断，但仍值得注意。作文课在三年级时是第十位和第十六位，到了四年级，却变成了第十一位和第十位。作文课在优等生群体中有着如此显著的变动，跟图画的情况相同。可见这种变动不只是图画课上的特殊情形。如果可以猜测一二的话，这应该是青少年时期到来的征兆。以前，学生在这方面的努力使两科都保持在十二三位上。到了青少年时，即便学生不刻意努力，或者说即便不是有意识地做出努力，学生也会对这些科目颇感兴趣。青少年时期是一个多愁善感之季，甚至可以说是过于多愁善感之季。这种情感会直接与学生的思想表达相关联，并转化为相关语言等，所以，随着青少年时期的到来，这些课占据要位也是再自然不过之事。尤其是对于稍有天赋的青少年而言，甚至会被一度寄予艺术家的厚望。如此分析虽然不一定得当，但是这些对于修身课和国语课而言是很好的反思素材。

　　自从打出"振兴国语"的旗号以来，各个学校都在今年的高等学校入学考试中表现出对国语课的极大重视。毋庸置疑，这是非常必要的，国语不论被如何重视，都不会有过度之嫌。在所有科目中，国语本应占据的正当位置，直到如今还未得到实现，因而呼吁振兴国语，本是理所当然，但人们直到现在才意识到这个问题，已然有些晚。正如调查结果中所显示的那样，学生的学习态度背后隐藏着很多问题，而学校真的能够结合学生的态度对学生进行有效合理的选拔吗？从学习态度上来看，所谓的优等生已经对国语这门科目有厌恶之嫌，将来也不大可能为此努力。这些状况虽然不会立即反映在全国考试的成绩当中，但正如这些考察所显示的那样，学生们不喜欢国语，势必也不会尽全力去学。因此，如果要立足于学科能力培养的客观基准来对学生的成绩进行考查的话，不论是试卷出题，还是答案设置，都应力争更加周全。

最近，国语教学的研究工作已在稳步推进，各小学也开始致力于对相应的教授方法与教学方式进行改善，并在入学考试上，向中学多次提出相关重要要求。中学不仅与小学直接挂钩，同时也与高等学校等直接衔接。因此，以中学为中心串联小学与大学，进行系统性构建必不可少。小学、中学、大学各自之间所用的教学方式应当形成体系性的推进。考试方式等的设置亦应当在体系性构建的基础上进行深刻的省察。虽然这方面的探讨未必会产生根本性的改观，但是要对一名成熟的青少年所接受过的教育进行测试的话，教育精神层面的反思迫在眉睫。

《国文教育》 昭和三年三月号

无

国文学史上"无为和无我"的问题非常重要。不仅对于我国民众生活如此,这一问题对于国文学的影响已然构成了当今文化史上的重要部分。正因为其重要性和深刻性,若没有足够的资质是探讨不清这个问题的。就我个人而言,每每论及"本质"都诚惶诚恐。我没有足够的资质,也没有足够的底气来谈论这个问题。在我这样有些怯懦的人来看,宗教界人士对"大我""本质"等问题的高谈阔论,让人汗颜。试问这天底下能有几人可以毫无顾忌地大谈特谈"本质"。我早年时曾跟随波多野精一老师学习哲学,至于自己到底在老师课堂上学到了什么,不仅现在想不起来,即便是当时也多是一头雾水。不论是当时去听讲座,还是现在念及老师时,心中留存的也只有"自己一定要多学习"这一念头而已。也就是说,跟老师学习的三年间,所学到的唯有"一定要学习"这一信念。我在学生时代并没有下苦功夫,唯独对这点感触深刻。十年后,老师当时甚为庄重地告诫我们"一定要学习",如今那声音依然回荡在耳边。有一天晚上去拜访老师,在老师那里待了一段时间之后,他便让我早点回去。因为他得准备第二天的讲义。讲义内容是关于"序言"的演习课。我感觉似乎不必为此大费周折,便向老师请教其中的缘由。老师注视着我的脸说道:"教室不是轻浮之地,要讲一个小时的课,就必须准备一个小时以上。"我听后深感惭愧。

波多野老师写《宗教哲学的本质及其根本问题》时是大正九年（1920）。目及此书，便如同见到久违的老师。这本书我曾反复研读过。书中讲到了本质："本质在这个场合，不只是评判过往事实的标准，同时也是宗教未来整体发展过程中真正的精神力、原动力，以及所要实现的目标。过去是已经被给予的东西，未来是应当被赋予的东西。过去已经完结，未来则是将要创造的。因此，本质不止于批判的范畴，而应当往前再踏出一步，意指人们意志念想中的目的或者理想。"老师将本质阐释得如此明晰，这种态度，让我敬佩不已。"本质"在老师那里是一种充实的本质，而在他人看来却不过是毫无意义或者奔放不羁的概念。这让我不禁感慨，谨慎思虑当属吾之正道。

将老子的"无"与"有"相对立，并将"无"理解为舍弃掉，这应是误解了老子的本意。"无"如果是对文化的否定，那么，我们自祖先以来的努力，以及我们现在正在付出的努力都将失去意义。"无"并非与"有"对立，并非表示"零"，而是意味着一种终极。如果理解错误，那么老子里关于"无"的问题，佛教里关于"无我"的问题，终将失去活力。

《国文教育》 昭和三年三月号

校　勘

　　最近，在国文学界，校勘越来越盛行。野村八良在《关于伊势物语省闻抄》中指出："现在对于古文学书的文本批判，即，校勘，在国文学研究的基础工作中最为重要，这已成为国文学者间的共识。"此种校勘固然重要，但除此之外，还有一种校勘工作值得探讨。除了通过比较古书的各种版本来进行古书校定，另一种方式就是通过考察文学内部的生命力，从内部展开校对。相比起从外部进行校对而言，这种从文学本来的意义进行校勘的工作，还有诸多尚未被充分理解之处。

　　由此我想到了两项工作。其一是信浓教育会刊发《一茶丛书》的工作，其二是古今书院刊发《万叶集丛书》的工作。

　　信浓教育会之所以计划发行《一茶丛书》，是因为考虑到随着世人对一茶的认识加深，其真迹可能会离开原址，散失于各处。如果现在不着手，将来恐难以整理。刊发工作中，首先是获得真迹并逐一刊发，随后是处理真迹之外的东西。一茶有着鲜明的信浓人性格，他习惯于写作句帖式日记，留存了大量文稿。只不过公之于世的仅有二三，数量远不及其亲笔书。一茶会在废旧的报纸等物上，密密麻麻地写下蝇头小字，解读起来非常困难。不过，所幸有小池直太郎等人，他们在勤奋上不输一茶本人，一直致力于这项不太为世人所认可的工作。其成果展示如下。

第一编　享和句帖

第二编　方言杂集

第三编　随斋笔记

第四编　七番日记

第五编　宽政句帖

第六编　文化句帖

一共六编七册，由一茶的亲笔书构成。完全是人力整理而成。

让一茶绽放出诗人之花的是他在三十岁初期所作的"宽政句帖"和游记等。花谢后刚开始长出果实的则是"享和句帖"［享和三年（1803）］。之后持续五年之久的"文化句帖"则是青果隐没在叶间的时期。"七番日记"大约是果实饱满圆润惹人注意的时期。从"享和句帖"到"文化句帖"，也就是一茶四十岁后的数十年间，是他在江户生活的核心部分。

这是小池直太郎写在"文化句帖"中的解说内容——《一茶与江户生活》中的一部分。里面展现了已刊发的《一茶丛书》中六编的主要特征。

此外，最后一编"文化句帖"的特征也可以参考他在《信浓教育》昭和三年二月号上所发表的内容。

"享和句帖"完成后的第二年，一茶开始创作"文化句帖"。享和四年（1804）甲子春，一茶迎来了四十二岁，这也是他的厄运之年。他在卷头部分感慨万千，上面记述着"今年一称革命年，积四十二年，他国送八星霜"。从干支的运行上来看，正因为是甲子革命[1]之春，一茶在四十二岁这一厄运之年的侵染下，一面回首着往事，一面意气风发地踏入了俳道修行的驿站中。同年二月十九日，年号改为文化，从文化元年（1804）到文化五年（1808，四十六岁）时，他将每日的动静与所作之句写下来，形成了"文化句帖"。"文化句帖"与"享和句帖"是研究一茶难得的资料，从中可以窥探一茶在四十多岁状态俱佳时的样子。此外，若能将二者作为重要的路标来解读一茶从三十岁的"宽政纪行"到充实的"七番日记"之间的转变过程的话，定会有更多有趣的发现与启示。

以上为铅字版。为了保留笔迹，一茶的亲笔书也被做成了琉璃版以和纸和文的形式发行。

别编一　稿本播种

别编二　宽政纪行　旅行

别编三　句稿消息

与《一茶丛书》相比较，古今书院的《万叶集丛书》已多为世人所知。

第一辑　富士谷御杖遗书　岛木赤彦校定　万叶集灯

第二辑　荷田春满著　岛木赤彦校定　万叶集僻案抄

第三辑　橘守部遗著　折扣信夫校定　万叶集枪嬬子

第四辑　荒木田久老遗著　岛木赤彦校定　万叶考槻落集

---

[1] 日本人对天干地支中的甲子革命等比较在意。——译者注

第五辑　岸本田久老遗著　武田祐吉校定　万叶集攻证（七册）

第六辑　下河边长流遗著　武田祐吉校定　万叶集管见

第七辑　池永泰两遗稿　秋成补　武田祐吉　万叶集目安补正

第八辑　仙觉律师遗著　佐佐木信纲校定　仙觉全集

第九辑　佐佐木信纲校定　祕府本万叶集抄

第十辑　佐佐木信纲编　万叶集丛刊　中世编

如今已无须赘述《万叶集丛书》中先贤遗著的价值。尽管《一茶丛书》中的诸多内容仍未公之于世，尚未被世人所了解，但是它对于《万叶集》研究的价值已渐渐为世人所知，是极其难得之物。

《国文教育》昭和三年三月号

全　集

　　最近《日本音曲全集》《日本绘卷全集》等各种全集预约不断。就连之前难得的新版书物《群书类从》等也在被重新包装发行。特别是，经济杂志社类书方面的难得一见的索引也被附在书内。想必这些定会给研究者们带来极大的便利。到此为止，各种各样的全集已经基本完备。以前，大学课堂会向学生介绍这些基础文献，为此人们曾花费很大力气，历经各种艰辛。不过，如今人们已经可以更好地对文献进行定位，文献获取更加便捷，为今后的研究工作增加了极大便利。现在的文献则面向社会公众开放，文献资料只能专属于某些图书馆的时代即将成为过去式。以前人们所讲的"博学者"对于学术研究界而言非常必要，然而，如今的"博学"将会让位于全集与索引，新时期的博学立足于"观察力"和"解释力"上，更多地关注人们见闻和理解的深度。博学者本身存在的必要性已然不大，如此可谓昭和之至幸。

　　人的思想必然会展现于语言表达上，因而语言表达才是思维链条的顶端。在思维链条的顶端，即语言表达成立之处，读者通过鉴赏方能与作者的思想同步。阅读工作就是对作者的表达进行解读。人们以往在对表达的解读上所做的工作并不彻底。校勘工作也并未建立在对作者思想表达的解读之上。只有人们将文字看作作者思维链条中最前端之物，才能形成真正有意义的校勘。如果只是将文学看作一种符号，那么校勘工作只能随着异本的出现而不断发生变动且始终没有完成之日。正因如此，最近出版的武田祐吉的《万叶集书志》才备受世人重视。正如作者所述，这本书探讨的是《万叶集》得以传播的资质。在这之前，佐佐木信纲博士的《和歌史研究》也是关于《万叶集》的研究专著。佐佐木博士探讨了《万叶集》为何可以存现于世，而武田先生则对此提出了更加深刻与独到的见解。

关于《源氏物语》，有沼泽龙雄先生、藤田德太郎先生的研究。二者的研究相较于前人而言向前迈进了一步。从某些层面上来看，他们的研究无疑是完备的。不仅如此，他们的研究是站在作者的角度进行的解读，从作者的思想表达、从作品内部展开解读。尽管二者在具体解读方式上有所差异，但也正因如此，两位先生才得以在《源氏物语》的研究中各自独步天下。

《国文教育》昭和三年四月号

图书馆

　　今年秋天大典之际，在众多纪念活动中，以建造图书馆或图书室来作为纪念的就颇为有趣。若修建道路或桥梁以示纪念，那么一旦建设完毕、开始通行，便达到了纪念的目的。若植树以示纪念，只要做好后期的护养工作，让树木自然成长，纪念的目的也就达到了。但如果建造一座纪念性的图书馆，就不那么简单了。图书馆的相关运营和开展等工作，与修路或植树截然不同，必须得经过周全的考虑。经验丰富的管理者尤其会关注后期工作的开展。三月时，地方青少年会邀请我以"青少年的文学教养"为题做讲座。讲座持续了几个小时，热情的听众一直安静地聆听到最后。我在讲座中探讨了"青少年为什么要去阅读文学中所包含的道德之恶"。对于学生而言，无论他们是否从学校毕业，读书始终都是培养青少年情操修养的核心途径，给予他们读书方面的指导十分必要。因此，若是以图书馆作为纪念建筑，那么不仅需要在设计时进行精心规划，还需关注后续一系列工作。

　　震灾之后，除了丛书以外，各种研究文献等也层出不穷，稍作查询便可发现当下各种供研究之用的资料已称得上完备。最近我听说，某公立大学的学生计划在秋季大典之际，向学校图书馆捐赠一大批一元书全集。图书馆若仅靠一元书充栋固然不够，但考虑这类书籍数量可观，研究价值斐然，固也算得上是一项意义不凡的纪念活动。不过，最近的全集类图书的问世出于各种不同的目的，丛书之间不一定具备系统性或体系性，依然存在严重的重复和缺失等问题。于是，在综合考虑的基础上，对这些书籍进行系统性的组织与整理便相当重要，这就是留给图书馆的重大工作。

《国文教育》 昭和三年七月号

枯　野

　　轻井泽与邻近的横川之间气候差异巨大，或许没有哪两个邻近的地方会像这两处一样。十月末的时候，我因绘画工作坐信越本线到了轻井泽。横川此时仍是一片绿色，且这种绿色令人感觉还会持续数日。河堤上的草、田地里的庄稼仍然生机勃勃，碓冰关（碓冰峠，此处指轻井泽与横川之间的分水岭）的另一面却都是红叶。然而穿过最后一个隧道进入轻井泽高原时，眼前所见却让人猝不及防。田野已经完全干枯，呈黄褐色，草叶上不见一点绿，只有一望无际的萧条。盛夏时，那些在眼前摇摆的芒草甚至会触碰到车窗，而如今它们已经彻底干枯，叶子收缩，穗头消失。落叶松下的石头蜷缩在落叶里，只露出表面。在画笔下，之前的雾气也不得不变成凝结的露水。夏日里，清晨的雾气会浓厚到连自家前头的野草都看不清，茫茫雾气中只能朦胧地看到红色的鬼百合。之后，不知何时这些雾气开始迅速散开，聚成一团白色密集之物退到山峡之处，似云但又不及云高，似雾又比雾结实。傍晚时分，它们又开始逐个包围群山，向田野中漫延而来。这种伸缩变化的景色此时已然消失殆尽，眼前已经完全是一片枯野。枯野景象始于十月末，甚至可能持续到四月份。这里一年中将近七个月、大约一半以上的时间都是枯野，而山崖下的上野一年中只有两三个月是冬天。两者间风景相差甚大。再过不久，枯野就会遍及整个信浓。十月份时信浓就已经开始用上了被炉。我的故乡就是这样一个地方。

　　三四天之后，我到了飞驿山脉脚下的大町。高濑川安静的河滩上已经褪出一片片白色。中国诗中有一个词叫作"空山"，空山之感恰好可以形容这里的河滩。河滩上的石头是白色的。前方袅袅炊烟，定睛望去还能看到人。虽然人与石头不易区分，不过能依稀看到人在移动。作画时，远方还有隐约可见的红色火焰。河滩的岸边至山丘上的杂树林像是被上了色。那些不是红叶，而是被霜点燃的树叶。古人有"霜叶"的说法，那些就是霜叶。红叶的颜色更加明亮，霜叶却没有这种明亮感，而是带着一种冷清感。被霜叶覆盖的山丘上传来沙沙声。那是脚步踩在落叶上的声音。落叶上有人的脚印。那是两个男子，穿着深蓝色的裤裙，各自提着个小鸟笼。天上有小鸟飞过。虽然小鸟要飞过高耸的飞驿山脉，但是不知为何其路线却是固定不变的。这只小鸟也是在上方清澈天空中穿山越岭。我望着天空，心中有些感伤。这小鸟笼是在召唤那些候鸟。在大町，去买沙丁鱼时，人们会用一片朴树叶子将鱼包起来。去买豆腐的话，人们则会把豆腐都放在朴树叶子里，用四根稻草系上拎着。住在一两里开外的人也会这样拎着豆腐回去。山上下雪时，山的形体突兀可见。那些夏天见不到的山之褶皱，此时也清晰可见。夏天时，只有在清晨才能清楚地望见大山的形状。但是在现在，大山被冰封的样子在一整天都清晰可见。信州十月就已经进入了冷峻的冬季。

　　回到这样的信浓后，我发现信浓是一个缺少笑容的地方。在东京，聊天谈话时，人们在三言两语间就能找到一些词语作为谐音组合，当作包袱丢出去。这一言语上的技巧，并非出于某种特别的考虑，不过是通过语言上的谐音组合逗大家开心罢了。大家用这种语言游戏来打发时间。然而，在信浓这样的气候恶劣之地，谐音组合的语言游戏是人们难以想象的。穿过河滩有一条通道，在那里说句话，声音会直接传到天空中。那里还有个枯叶山丘，山丘上的落叶沙沙地贴地而行。这里的人们总是默默不语，土地上处处弥漫着沉默的空气。这里的山川造就了这样的氛围。信浓人没有笑容，即便笑起来，也是像小林一茶那样的笑。笑完之后，嘴角总会留些什么东西。因此，信浓人并不太懂玩笑，也不懂东京戏台上的落语相声。他们不知道哪里不对劲。他们直来直往，不讲究什么逻辑，因此也笑不出来。他们在笑之前总想试图理解一下，想着等理解之后再笑。只不过这不是关乎理解与否的问题。信浓人会在人们的爆笑中一脸惊诧。

　　我是土生土长的信浓人。上小学的时候，我是光着脚去的。冬天虽然会穿木屐，但是不穿袜子。在学校的地板上也不穿室内用鞋。皮肤冻伤后，会裂开流血。大家会以害怕寒冷为耻。木屐如果是崭新的也会感觉丢人，因此大家会把鞋子故意弄脏些再穿。至今我都有类似的习惯。这里的人们对于不论什么样的恶衣恶食都能坦然处之。恶衣恶食反而让自己感觉更加心安。只要不是特别有失礼貌，或者别人允许的话，不论什么样的衣服我都可以接受。有时我会被人宴请，但面对豪华宴餐，心中总是惴惴不安。因此，只要能拒绝我都会拒绝。有时外出做演讲，住宿之处在温泉近旁。但我每次泡温泉的时候，都不敢陶然于其中。在温泉中放松身心让我有一种愧疚之感。想起孩提时代在田边劳作的生活，如今的生活反而让人惶恐。对于这种生活，任性不来。孔子曾经在《论语》中写过"内省不疚"。如果日后我也可以达到这种"内省不疚"的境地，将甚是幸运。这也是在这个没有笑容的故乡中所孕育的一种生活姿态。

《アルト》〔1〕 昭和三年十二月号

---

〔1〕日本的月刊美术杂志《Arto》。

被　炉

对于土生土长的信浓人而言，被炉是难以割舍的。有些人家早早地在九月末就用上了被炉，一直用到初夏的五月份左右。一年中有一半时间都是在被炉里，睡觉、吃饭、喝茶都离不开被炉。所以，不论在东京住多久，总是不能没有被炉。在冬夜安静的灯光下，于被炉中读书其乐无穷。

十二月末，我来到了市外的学校附近。我的住处前面是枯蓬草原，芒草低垂，已经凋谢。向芒草远处望去能看到箱根连绵的群山，也能看到身裹白雪的富士山。这里的山依天气变化而或胖而矮，或瘦而高。山的旁边是栎林。

在之前长时间的城市生活中，我日复一日地听着邻近房间中的杂声。但是到了这里之后，就再也听不到那样的声音了。耳中听到的是夜空中的风声。在郊外武藏野的被炉里，听着静夜里的风声，我想起了国木田独步[1]先生的《武藏野》。被炉确实是能给人幸福感之物。对于没有享受过生活的我，没有什么比在冬夜被炉里读书更令人愉快的了。来这里之前的冬夜又冷又暗，而此时的冬天却充满冬之乐。藤村先生的随笔中描写过等候冬天的心情，我理解那种感受。我大概在四十一二岁时有了同样的感受。

---

[1] 国木田独步（1871—1908），本名国木田哲夫，日本小说家、诗人。代表作有《牛肉和马铃薯》《武藏野》等。——译者注

　　我在被炉里读着《赤彦全集》的第六卷。我父亲是久保田老师父亲的弟子。父亲教久保田老师，我则跟着久保田老师学习。后来，我的妻子也跟着久保田老师学习古和歌。因此，在我前后左右都是久保田老师的身影。久保田老师现已为故人，他的全集也已经出了两册。我在郊外房子的被炉里贪婪地读着老师的书。《日本农民史》漫长的校对工作也终于结束，身心轻松，被炉里的温暖也愈发让人感觉惬意。

　　老师在世时，我没有称呼过岛木老师，而是经常称他久保田老师。现在，我却多称他为岛木老师。特别是在讲演或开讲座的时候，我不会再念出久保田老师。久保田老师已经悄然变成了岛木老师。现实本就有着种种意义，而能将种种意义贯穿起来的就是那些最为强烈且最为有力地打动着我们的东西。在现实中，久保田老师并非以"久保田俊彦"，而是以"岛木赤彦"的形式发挥着影响。老师的作品与《万叶》直接关联。只要国语存于世，老师的和歌必然也会一直大放异彩。因此，给人们以强烈震撼的是"岛木赤彦"，而不是"久保田俊彦"。在现实中，"久保田俊彦"的身影将逐渐消失，同时"岛木赤彦"却将愈发清晰。"岛木赤彦"是现实中的社会关系，"久保田俊彦"是现实中的私人关系。我在家中会称之为久保田老师，但在社会上则是称之为岛木老师。社会关系层面的"岛木赤彦"必将在社会生活中永久流传下去，但是，私人关系上的"久保田俊彦"则会与我们一起消失。久保田老师成为故人后，久保田老师必然会变为岛木老师。

　　我在《赤彦全集月报》的第二号里如下记录了《周日一信》。《周日一信》应该是老师最乐于撰写的东西之一。最早的

《周日一信》是老师在明治四十三年（1910）于广丘写的。有一次我在傍晚时分从诹访出发去拜访老师，同老师外出时，田地里的马铃薯已经发芽，天空中流星正拖着长长的尾巴。田地边上是片树林，苔藓软而深，一脚踩下去会没到脚跟。

"林木皆瘦。形体酷似吾。林木可是不可呼吸之吾乎？抑或吾是可呼吸之林木乎？林木与吾立于如此静地，相距仅寸毫。试想数十载后吾与林皆无形骸。林之被伐，吾之逝去。虽然木伐吾逝，此等冥合之心永将不灭。彗星来而去之，来者非生，去者非逝。吾与林亦诚如此。相居两年，相依千载，形移灵存。如此而已。"

这是老师在离开广丘，与林木惜别时所作的一节。老师已故，林木如今是否仍在，无从而知。

在明治四十四年（1911）的四月份，老师离开广丘，搬到诹访的玉川，之后在那里继续写作。老师的《周日一信》会登载在《南信日日新闻》上。我们日日企盼，一旦刊登便会贪婪地阅读。在一遍又一遍的阅读中，有些语句甚至烂熟于心，今日仍能脱口而出。连载结束的具体时间不太清楚，大概是明治四十四年当年吧。

在广丘的时候，附近的两个女弟子将《周日一信》认真抄写后，请老师来诵读。后来，老师同意将其出版。时下，文学作品中值得有声诵读之物甚少。《周日一信》默读时意味深长，朗读时更加耐人寻味。能够请老师用那浑厚的嗓音来诵读，实在令人羡慕。

登载老师作品的相关报纸已七零八落，想要再读一遍非常困难。时过二十年，今日终于可以再次从头阅读，感觉自己又回到了年轻的那个时代，又记起了当时的激动。

《周日一信》如今已有所改变，有时会登载某地发生的特殊之事。不过，整体来看，其中仍然有些东西深深地打动着人们。不只是二十年、三十年之后，百年或者几百年之后同样如此。这与今日为新、昨日已旧的"现实"完全相异。

久保田老师故去之时为五十一岁。五十一，还算不上早逝。不过我总觉得老师有早逝之嫌。高山樗牛先生〔1〕、青木繁先生以及其他诸人在更为年轻时便已作古。最近，岸田刘生先生三十七八岁便辞世。然而，我觉得这些人决不属于早逝。他们已经圆满完成了应做之事。高山樗牛先生虽然有所遗憾，比如《樗牛全集》中日本美术史尚未定稿，不过，于我个人而言，颇为可惜的是那一研究的价值可能并不大，即使得以完成，对于后世的我们也不会有太多贡献。人们都说青木繁先生是天才。不过，他所留下的作品却是那种性质的内容〔2〕。总之，他们已将应做之事圆满完成，所谓天命已然达成。既然是活着时进行的劳作，那么，留下未尽事宜自是理所当然。那些不曾留下未尽事宜的人，想必与世间游戏之人无所差异。未尽之事是无可奈何之事。问题只在于那种工作于后人而言是否是难以继承的特殊工作等等。

一般来说，人们本就为某种工作而生。早逝之人很早就完成工作，晚逝之人则不疾不徐地完成。二十五岁逝去之人即便活到

---

〔1〕高山樗牛（1871—1902），日本近代作家。——译者注
〔2〕具体是哪种性质，作者未言明，青木繁（1882—1911）属于日本著名的浪漫主义美术画家，人称天才画家。——译者注

五十岁，也不一定能将其工作翻倍。会面五分钟不能把事情解决的人可能是迟钝之人。来后立刻折返之人与磨磨蹭蹭待很久的人，所做的工作可能是同样的。不是因为二十分之短就无法完成工作，也不是因为两个小时之长就能完成工作。有的人待了两小时却忘记关键事宜，不得不折返，像这种丢三落四的事情，我也常有经历。二十五年、三十年间可完成的工作让长命之人来做可能要花五十年或者六十年。

因此，希望早逝之人再活长久一些的想法未必就合理。不过，那些因外伤或流行病等死于非命之人除外。这些人尚未到死期，死后令人惋惜。他们还未完成应做之事，未尽天命，因而不论其年龄如何，都应该算是早逝。孔子在匡地被围住时曾断言，天若无心亡此学问，吾将不会死于非命。孔子自信于自己的工作，也就相信命数。孔子对于颜回之死曾痛哭叹息：天欲亡吾。天命是要看所从事工作的性质。在这方面，可以说樗牛先生已经完成了天命，久保田老师却是早逝。老师虽已年过五十，说不上英年早逝，但老师在那之后才开始进入人生的收获时期。我时常会念及此事。对着《赤彦全集》，此感甚深。（一月十四日）

《学友》　昭和五年三月号

奈良杂记

我旅行的范围很小。我不了解京都，也不了解大阪，只知道自己的生养之地信州、现在居住之地东京，以及奈良。

第一次去奈良是大正十年（1921）的秋天。由于是初次，当时的见闻依然历历在目，印象最为深刻，在此写下的四五则见闻。

在通往伊贺国的路上，起起伏伏的小山丘上长着松树。小山丘上有白色大道，可通车辆。相对于山丘的大小，道路则显得宽大很多，也颇为结实。山丘与山丘之间有田地相连。山丘上的松树在广袤的晴空下呈现出黑色，田地里的水稻则是透明的黄色。已被收割完的田地泛着暖意，黑色中伴着少许白色。从火车窗外向田地方向望去，猛然间有红色状的东西映入眼帘，我连忙戴上眼镜。这种红色如此强烈，让人有些惊讶，定睛发现，这竟然是婴儿和服的颜色。婴儿的母亲独自在田地劳作。田地已被收割完一半。母亲正站在田边地头，给婴儿喂食。这样的颜色对于都市街头的人们而言不足为奇，但是在这些山丘之间，这样的土地上，却足以令人惊奇。

火车有时会穿过红叶谷，红叶谷能把火车内部照个通亮。透过车窗能看到悠然流淌着的小河。人们都在田里劳作，庭院里不见人影。无人的庭院里菊花正在绽放。这些菊花未被护养，肆意蔓延，枝头上点缀着黄色小花。跟东京的人工菊花相比，它们自然且自由。对于这里的人家，菊花便是自然花草。如此看来，人们将仓库白墙上的铁格窗户染成蓝色似乎也不足为奇。蓝色虽然有些强烈，不过也不显生硬。屋檐的造型虽然稍微有些坚硬笨拙，不过在小山丘与田头地间，它们却给人一番别致的安稳感。随着离奈良越来越近，柿子会从枝头上长长地垂下，形状清晰，静谧安详。跟关东的柿子相比，尽显悠然。

我有一个怪癖。见到令人无法心悦之色时，立马会有一种作呕的感觉。有时看到一幅画，在还没有意识到自己究竟对它是喜欢还是其他感觉时，便已经有作呕之感。这种让我作呕的画似乎多是一些不好的画。如果是一幅好画，我会不由得感到内心沉闷且沉重。这种沉闷与沉重之感会渐渐地向腰部方向下沉，直至我几乎无法站立。即便不是优秀的作品，反复下了功夫的作品也会给人这种感觉。登上奈良坡仰望般若寺的石头十三重塔婆，及观看奈富山的圣武帝皇太子陵四角里的大石头时，我就有这种感受。和辻先生在《古寺巡礼》中也写到了同样的感受，可见，这种感受不止我一人有。

从新乐师寺进入奈良东边的山里。秋末的山里一片阴郁，不过还未到阴天的程度。路面有些湿滑，踩在落叶上也没有什么声音。然而稍稍绕过灰暗的山谷，瞬间便觉眼前豁然开朗，无比亮堂。山谷里红叶的亮光甚至能照亮人们内心。山谷像发光的玻璃箱一样让人内心倍感温暖。我还在道路旁边找到了镰仓时代的水槽，在笹山草原的岩室中看到了藤原时期（897—1185）的石佛。一路上各种惊喜满怀，甚至让我有些窒息。

　　还有一座松山。天光直射在松树红色的躯干上，一眼望去静
谧不已。山峡的道路上，忽有山里人出现。山里人从山那边的柳
生村过来。柳生村是著名的柳生十兵卫的村子。山人扁担两头是
稻草篮，里面装的有山芋、红柿子。还有人挑着长长的、青色的
竹束，那种架势怎么看都像是属于大山的人。他们的草鞋里垫着
皮革。不过，令人惊讶的是，其中却有一人穿着橡胶鞋，而且是
红色的橡胶鞋。如此情景，看上去更像是一种偶然。当偶然之物
与必然之物相重合时，就会产出漫画般的效果。如果这种偶然只
是单纯的偶然，那就是一种朴实。朴实中若能再带些热情的话，
那就会如同古土佐[1]的画卷人物一般。在我来看，如此山人，如
此山中，如此红鞋，恰如一幅古土佐画卷。

　　说到鞋，我在法隆寺里也见到过同样的鞋。法隆寺的纲封藏
的后面有个食堂。食堂是奈良时代圣武时期（724—748）的建
筑，它轮廓清晰却略显臃肿。其本身不太为人关注，不过我却非
常喜欢。如今，它已然成为一个做法事用的小屋。《大和巡》里
记载，小屋中有"本尊药师如来，胁士日光月光的木像，梵天帝
释四天王的塑像等"。不过现在里面已经什么都没有了。室内没
有地板，只堆积着用于推拉机器的木板。我走进这个小食堂时，
还有一个木匠从这里走出，单手提着茶壶。正值午时，站在这个
阴暗且布满灰尘的建筑物中央，能感觉到冰冷的气息静静地从头
顶上方浸入。在朱红色圆柱之下，我看到一双鞋整齐地靠在圆柱
收分[2]线的外侧。那是一双橡胶鞋。圣武时期的古建筑配上这双

---

〔1〕古土佐，大和画的一种。——译者注
〔2〕收分是中国古代就有的柱子设计方式。——译者注

现代的橡胶鞋，令人眼前一亮。奈良总是充斥着奇妙的对比。

　　同宿之客是一位年老的僧人。"您是来做什么的？""我是来逛古寺的。"然后他接着问我道："我侄子叫专太郎，稍微读过些经书，研究过佛像等，您觉得他能成才吗？"我不知道专太郎是谁，便答道："应该可以吧。"在之后的交谈中，才知道他说的是京都大学的泽村专太郎先生。泽村先生今已是故人。

　　"正仓院允许与妻子同行参观，却不允许与父母同行。如此景点，大家都希望父母可以有机会观览，然而正仓院拒绝父母却许可妻子入内，这有违日本人的一般情感。"我的朋友如是说道。

　　正仓院，据小林柯白先生的叔父所言，在明治初年（约1868年）到十八九年（1885—1886）间，孩童们曾于其校仓内嬉戏，乞丐们也曾逗留于此，那时仅地板就有九尺之高。虽然是敕封藏，但是听说到了明治初年，是由奈良的"五人众"[1]负责保管钥匙。他们偷偷打开门带朋友进去观看，并将里面的东西一点点转移出去。"五人众"中有一人以为奈良坂般若寺的十三重石塔婆中藏有圣武帝的手抄经，毕竟人们都相信这里为圣武帝所修建。于是他便带着人手在塔顶绑上绳子，将塔拉毁。然而，其中空空如也，反而是那个人最后遭到了诅咒，落了个家破人亡。值得一提的是，石塔婆下面的佛像阴刻[2]做得很好。

　　法隆寺在明治时期并没有什么起色。曾有人与当时如日中天的净土真宗商榷，愿以五百日元的价格出售金堂五重塔。然而，可能是净土真宗自己也担心如果继承如此古老而宏大的寺院，将

---

〔1〕五人众具体所指未能查证，可能是浪人五位。——译者注
〔2〕雕刻方式的一种，汉语中亦使用，是指将图案或文字刻成凹形。——译者注

来肯定会麻烦重重，便没有答应这一交易。

兴福寺的管家在带领我观看宝藏时，讲到了以下三件事情：

一、明治初年（约 1868 年），金堂中堆满了难以计数的佛像，从地板一直堆积到天花板。和尚们把它们拉出来当作浴缸使用，称之为"佛浴"。

二、明治维新之际（19 世纪 60 年代末），寺务别当（僧官之一）的两门迹、一乘院、大乘院以及食堂之下的各堂同时被毁坏。之后，四条县令命人用大炮击毁兴福寺的筋屏，破坏掉一乘院大乘院迹[1]的林泉，将其置成茶田。这便是当时的"殖产工业"。

三、本寺的三重塔与五重塔分别以三十日元、五十日元的价格被卖出。由于建筑比较结实无法将其破坏，于是人们就打算将其烧毁，然后捡拾出值钱的金属等。只是考虑到如果要在那种地方将如此高大的建筑物整个烧毁，必然会殃及邻近的人家，结果计划荒废，塔最终得以保留。三重塔是崇德时期（1143）之物，五重塔则是称光时期（初建于 730，重建于 1426）之物。

此外，圣武时期的手抄经以两束三文钱的价格被卖掉。它们成了奈良的人们褙装时所用的打底纸。我一个朋友曾在奈良街上发现了个用古抄经褙底的破盆，并以五钱的价格买了下来。

在东大寺，人们也曾为了取金而把佛画烧毁，从灰烬中扒取金粉。承蒙执事鹫尾先生的好意，我得以进去参观校仓的宝库，欣赏了大佛殿大佛坛里出土的圣武天皇的御剑和用来装御牙的银壶。翻开当时的日记，可以看到在十一月二十二日中写有"晴，

---

[1] 大乘院迹是寺院中院落等的名字。——译者注

寒风"。"拜访小林柯白先生，一起去了东大寺的事务所。"关于御剑、御壶还有如下描述：

> 御剑上的金银平脱[1]也是设计精妙，比正仓院的雕工更加精巧。蔓草的纹样上所延伸出的正是圣武时期的盛世之感。银壶上雕刻的狩猎纹样，与正仓院的银壶相通。看到这些由纯朴而柔和的线条勾勒出的人、马、兽以及野草等，内心有一种难以言说的忧郁。银壶中盛放着珍珠、琥珀和御牙。壶的大小正好单手可握。

那之后，我去看了东京三越的印度工艺展览会，并记了日记。

> 佛首等物在照片上经常看到，如今看到实物，心中不甚愉悦。那些波斯壶和铁器尤其吸引我。铁器上的狩猎纹与圣武时期的银壶，以及漆胡瓶上的狩猎纹极其相似。有些甚至可以说是毫无区别。将两者放在一起对比的话，两者间可能有所不同，但是，将它们跟我记忆中的印象相对比的话，却是几乎没什么区别。马、人、兽以及画像、草的作画手法完全相同。我数次探头观看，甚至用手抚摸。之前听说法隆寺的宝物——以天马为躯体的龙马水瓶，以及正仓院的狩猎纹漆胡瓶，皆源自波斯，今天终于得以亲眼确认。在我来看，波斯的陶器并非遥远的异域之物。日本跟中国相似，也跟波斯相似。最能理解波斯的定有我们日本。

---

[1] 金银平脱亦是我国著名的器物装饰技法。——译者注

　　将受保护的建筑物作为校舍，除了奈良可能没有别的地方了吧。《大和巡》中曾如下写道：

　　　　极乐院位于猿泽地的南方二厅许。其原本是元兴寺的子院，属于律宗。本堂中安置有阿弥陀如来（干漆佛，稽动，文会，稽首文）……还有，称作智光感得的曼荼罗图。

　　不过，我所见的阿弥陀如来是木造的镰仓之物。本堂是横木六间（一间约 1.818 米）、大梁六间的单层，房顶是四注行基葺。如今已是受保护的建筑物。禅房是横木四间、大梁五间的单层，屋顶则是人字形木瓦葺，现在也是受保护的建筑，真宗曾签约借用过二十多年。元兴寺现已消失，为同归律宗的唐招提寺所管。起初想要将其出售，但如今即便有买家也不卖了。

　　寺庙里面铺上了榻榻米变成教室后，就是奈良高等女校。为了与粗柱子相切合，榻榻米在碰到柱子的时候也会切成圆形。本是禁止女人进入的寺院却莫名其妙地变成了女校，而且教授的是家政学等科目。家政学又是从肉食、结婚成家等开始教起。国宝阿弥陀如来就位于学生眼前。打开一扇门后，能看到国宝——智光感得的曼荼罗画。画是画在弥陀的厨子背上。画的表面已经开始脱落。掀开帐子后，还有一幅立体画，描绘了圣德太子端着香炉尽孝的场面。与教室并列的另一个房间里，是放置佛像的地方。而学生们对此却是无动于衷。奈良的确是不可思议之地。

《祖国》 昭和五年八月号

去奈良后，最吸引眼球的是兴福寺的五重塔。这座塔在废佛毁释之际曾被列入拆除名单中。当时在竞标撤除作业时，被人以十五两的价格拍下。只是到了实际拆除的时候，由于得从上面开始摧毁，拆除工作必须得有脚手架，而架脚手架又会花掉一大笔钱。结果，那家中标者弃塔而逃。

当时奈良的县令叫四条隆平，是位十足的"排佛者"。他说无论如何都要将塔毁掉，于是命人在塔顶拴上绳子，让众人用强力拉，结果拉了半天，那塔竟是纹丝不动。实在没办法，只好用火烧之法。于是，就命人在塔周围堆上干柴，并颁布命令称：

接下来几日，将要烧塔，请大家注意防火。

在这之前，烧毁山下的元兴寺时，周边有几处民宅也同时被烧毁了。连低塔都是这样，那么高塔烧起来的话，还不知道会怎么样呢，真是胡来。烧塔之事千万要谨慎啊。民众就此事一直向上申诉。

结果在原定之日，烧塔工作未能执行。后来在犹豫不决中，四条隆平的县令的工作期满，塔便得以留存。

这是正木直彦先生在《回顾七十年》中讲到的故事。跟我所听到的多少有些出入。在流传的过程中，故事内容也在发生变化。

昭和十二年八月

实践性

一

我听过这样一个故事。在信州某中学的修身课上，有个学生不听老师讲课，自顾自地读书。于是老师斥责道："你为什么不听课?"学生答道："修身课是以实践为目的，听课并不是目的。"老师听了很生气，想把学生从座位上拉出来。结果学生用手紧扣桌子，竟是没被拉出。

类似情节并不稀奇。其中存在两个问题：其一，老师与学生站在了同一个立场上。其二，老师未让学生彻底去贯彻自己的主张。是要冷静地给学生纠错呢，还是要让学生执行自己的主张，让他去确认自己做法的合理性呢? 老师必须在其中做出选择。如果硬要把学生从课桌里拉出来，那就变成了腕力的较量。在腕力世界里，老师未必会胜过学生。

在这种情况下，老师如果直接对其进行劝阻，告诉他：听老师讲课对你践行实践非常重要，那么学生定会多有不服。那么，我们可以换个立场，即，站在学生所主张的立场上，让他去执行他自己的主张。首先可以考虑的方式就是，让该生立即执行修身书上所讲的德育内容。修身书上必然有讲到学生当对长辈保持谦逊，当对老师的教导予以顺从。其次在实践方面，鉴于老师训话的重要性，学生认真听取老师讲话也是非常重要的实践行为。如此一来，老师即便不勉强学生听讲，学生也会听讲。通过让学生执行他自己所主张的实践，即让学生贯彻自己的主张，老师所期待的效果也会悄然实现。没人有十足把握可以要求别人一定听自己的话，因此，如此方式不失为一个选择。于教师而言，与学生处于同一个水准，且容易被激怒的话，便会缺乏思考上的弹性与亲和力。

二

　　几年前的五月的一天。在我当班主任的班级里，四月开学后没多久，班里两把扫帚的把柄开始咯吱作响。询问学生，才知道昨天和前天有学生用扫帚当长刀相互打斗。参与的学生有好几位。我把昨天耍刀的学生叫到跟前，问道："你们知道长刀的特征吗？说给我听一下。"学生逐一列举，回答了五六个特征。然后我又说："说一下扫帚的特征。"学生又罗列了五六个特征。于是我说："既然知道这么多，为什么会把长刀和扫帚弄混呢？"他们答道："以后一定注意。"我接着叮嘱道："以后还有人分不清扫帚和长刀吗？有的话跟我说一声。"有个学生淡定地举手说道："我可能会分不清。""你多大了？"我问道。"十六了。""分不清也得分清，你都十六岁了，还分不清长刀和扫帚的话，来学校学习也不会有什么前途的。明天开始可以不来学校了。""好的，老师，我错了。"从那之后，扫帚的把柄再也没被弄坏过，大家对于教室工具的态度也小心了不少。

三

　　说到自己，还有这样一件事情。我在中等学校时正是不良少年流行的时候。我们宿舍房间一周都没有人打扫。地板上满是蜜柑皮和南京豆，连下脚的地方都没有。有天舍监实在看不下去，就把我叫过去，严令我务必打扫房间。于是我对老师说："老师经常说现在的年轻人过于懒惰、懦弱，缺乏克己之心。我得到启发，正在培养我的克己之心。"老师听后说："不讲卫生是对身体有害的。""要培养克己之心，就必须放弃卫生。打扫卫生与培养克己之心二者之间本就相互冲突。若是冷则防寒，饥则入食，困则补觉，克己之心将永远无法练就。我已经做好了牺牲卫生的心理准备。"听了我的话，老师就说："那么等你毕业之后也这样吗？""在学校培养出克己之心后，我就会注意卫生的。"老师听后，嘴蠕动了一下，最后对我说："总之，这事跟其他宿舍也有关系，快给我打扫去。""那我打算发起一场运动，呼吁大家培养克己之心。"说完我就回去了。在那之后发生了什么，我已不大记得。只记得有一天我去上课后，有人过来帮我们打扫了房间。比起克己之心的培养而言，我感受到了驳倒老师的愉悦。

　　如果我是当时的舍监，肯定不会说"这件事情跟其他房间也有关系，赶紧给我打扫"这样的话。问题的关键并不在于是否与实际情况有关，而在于是否可以培养出克己之心，即，学生的主张是否可以执行的问题。原本主张培养学生克己之心的是老师，学生对此也颇为认同。也就是说，学生赞同培养克己之心，赞成老师的意见，那么只需在此基础上，进一步要求学生，在不牺牲卫生的前提下，培养克己之心便可。讲卫生与养成克己之心并非彻头彻尾地相互矛盾。比如，老师可以问他："你在打扫卫生的时候是感觉辛苦还是快乐呢？"其中答案无非两种：辛苦或快乐。如果回答辛苦的话，那就让他忍受辛苦进行扫除，寻找合理的方法在培养克己之心的同时保持卫生。如果回答快乐，那便让他帮忙打扫厕所、洗脸间以及舍监的宿舍。"在忍受艰苦的劳作的同时合理保持卫生，如此亦可培养自己的克己之心。"由此，克己之心并非牺牲卫生才可养成。总之，从学生角度出发时，学生与老师也就能同步了。

四

龙勃罗梭曾在《天才论》中说过，很多人相信，没有学校就没有天才的出现。如果乔托[1]早年没有受过教育的话，尽管他也可能会在故乡的寺院墙壁上绘出令养羊的小伙伴们震惊的画，也可能会用粗糙的素材来创作出一些惊艳之作，但是他必然会错失接受系统性培训并发挥天分的机会。虽然如此，事实上，学校教育在将学生培养成天才时，也会带给学生诸多伤害与痛苦。一方面，当年那些"不良学生"反而会成为优秀之人，当年那些与老师背道而驰的学生反而会成才。另一方面，为学校教育而伤害导致被埋没的天才也很多。"哪怕只有一个天才，白白地让其埋没也是社会的罪恶。天才那异于常人的敏感之处，反而让他们显得有些柔弱。天才在最富感性的青春期，经常会在学校里遭受到很多迫害。教师不是天才，不论如何努力，他们也只能创造出凡夫

---

〔1〕乔托（1266—1336），意大利著名画家。——译者注

俗子。"书中如是说道。

　　既然如此，如果不对学生予以压迫，尽可能采用柔和的教育方式的话，真的可行吗？换言之，压迫必然会抹杀掉天才吗？抑或是，天才真的是那么脆弱，没有保护伞的庇护就会立马枯死吗？

五

　　在相扑界，常陆山以优秀力士辈出而闻名。但是，他们对于弟子们的态度到底如何呢？非常严格。即便是横纲级别也是当作小孩子来对待。动作只要不当，就会挨打。那些优异的力士可以说是产生于强压之下。如此便是常陆山的特色。

　　如今的寺院已经不再有什么戒律之类。在戒律颓废的环境下，唯独法隆寺仍严守戒律。佐伯常胤师虽然堪称一代硕学，但是对门下的态度却极为严厉。比如，其下的一项规定为，女性一律不得进入山内。这里所说的女性不是指来寺参拜的香客，而是协助僧侣日常生活的女性。一开始，连洗衣婆婆都被禁止入山。直到后来，才终于允许六十岁以上的婆婆在周日作画时段进入山内。常胤师便是将这种顽固的戒律贯彻到底之人。听说其门下弟子们对此也是难以忍受。难以忍受强压，则意味着佛教界没什么人才。常言道，教而不严师之过。无法承受教之严则是门下弟子之过。

　　经常听人说，对学生感化较深的私塾机构必是非常严厉。只有在严厉要求下，在压制中进行历练，才能取得好成绩。因而，压制会抹杀天才的观点是有谬误之处的。没有压制就没有天才。

只是正如各种事实所显示的那样，天才一方面生于压制，另一方面也会死于压制。由此来看，压制与天才之间的关系看起来甚是随机。然而，如果进一步考虑的话，所谓压制，认真斟酌的话，又可分为两种情况。一为有爱的压制，二为无爱的压制。即，让人生之压制与让人死之压制。前者给人以生命，后者给人以伤害。

如今的教育缺失的不是压制，甚至可以说压制已经太多了。知识、技能以及德行的培养哪一个不是经压制或抑制的结果，少有让人痛并快乐着的压制。只是对于青少年而言，但凡体魄健康且自强不息，一般都会乐于接受施加在身上的重压。正如人们喜欢冒险一样，他们会积极反抗压力，并乐于挑战它们。只有在这个过程中，青年的意志力才会初步形成。如果历经五六年的压制便会枯死的话，那么即便是没有外界的压制，也会自然而然地枯死。这其中不是压制本身的问题，而是青少年自身素质的问题。因此，教育一方面是基于学生的素质，另一方面也是基于教师对学生的爱，而且教师的工作形式多是压制型的。适当的压制或者抑制会为学生的素质培养提供更加强大的力量。在这种形式下，"师道"中才能融入敬爱与敬畏。其一，不被敬爱的老师缺乏教师资格；其二，不被敬畏的老师亦缺乏教师的资格。

六

跟老朋友回忆往事，其中有这样一个故事。寄宿的时候，大家想要叠穿和服，就向舍监提出了这个要求。舍监长说："你们一有事情，就说自己被束缚到了，我们哪里有束缚大家，只不过是稍微给大家设了点门槛。"我听后立刻答道:"虽说只是在时间上稍微限制了我们,但这限制的哪里只是时间啊,这难道不是处处在限制我们吗?"大家听了也都跟着一起起哄,老师们一时非常尴尬。这时,村松老师姗姗来迟。他对我们说:"你们也讲了很多道理,不过在我们那个时代,和服叠穿有伤大雅,会让人耻笑。"闻听此言,大家立马就安静了。

对于学生的态度无非有两种。第一种是让学生执行自己的主张,老师在旁守护。这需要老师的包容之心与周到的评价,这是一种柔和之爱。第二种则是不允许学生秉持己见,一味地从上方进行压制。这需要老师足够严厉,且有足够强大的实力,是一种非常激烈的爱。没有实力却盲目压制是没有意义的。没有周到的评价而盲目宽容也没有意义。简而言之,教师若是有足够的实力,则可缓可激,如此才会收获敬爱与敬畏。立足这两点,师生之间才鲜有后顾之忧。

《美育》 昭和九年二月号

过　失

　　自去年飓风后，就有人嚷着要把飓风加入小学教科书中。有些人总觉得以前没把飓风加进去是一种过失。若是这样，如果很久没有刮风的话，是否就应从书中将其剔除呢？据说风速是在飓风刮过之后才可以计算，在飓风来临时并非轻易可知。

　　关于教材，人们总是倾向于根据当时的社会情况来加入必要的内容。由此，那些与教学并非真正相关的内容，便不成体系地进入到教学环节中。对于教学方而言，其自我感觉似乎良好，但是对于接受方而言，却是令人困惑之事。

　　教育者对于教育法令的更新一般并不热心，这是有一定理由的。教育者站在具体教育工作的最前线上，不管法令如何改变，他们所面对的具体情况并不会发生什么改变。教学工作本身不会轻易为之左右。因此，对于热心教学的教师们，自然对法令变更没什么太多关注。比起教育的法令性质而言，如何教育好眼前的孩子们才是真正的难题。比起宇宙问题，世界问题更值得关注；而比起世界问题，日本问题则更为重要；比起日本问题，乡土问题却又更值得关心，这才是教师思考问题的自然模式。当人们投身于课堂中的具体问题时，即便对于法令不够热心，也不能说他们对教育的态度是冷淡的。

　　人们在试刀时，会在竹子上缠上两圈稻草，淋湿后进行试切。这正好跟人的身体有相近之处。从上往下切，刀落下去的时候如果不让力收住，就会伤到刀刃与台子等。稻草切至一半，就必须停手了。手腕上力气足够大的话，刀是什么都可以切断的，但是咔嚓一下切开的，并非就证明刀锋真的锐利。入刀快，像被吸进去一样，唰的一下迎刃而开，此等刀刃方为上佳。中山博道先生如是说过。

在对显微镜下观察到的材料进行刀切工作时，得用七八寸、六七百两重的刀来切。俗话说："手术之刀一磨三年。"这种刀不磨上个两三年，是出不来锋锐之感的。让磨刀师来磨的话，一寸一块钱，但是这种程度的刀是没法用的。刀之用因人而异。所以需要人们自己来研磨。这种刀也必须磨出那种吸刀之感才行。这是医学博士田林纲太先生讲过的话。磨砚也是同样，好砚的话，墨磨如吸。

《日本政教史》在评价信长时说，他个头很大，却长相柔弱，很难让人想象他在疆场厮杀的场景。然而，长相柔弱的他却是胆魄异人。他有着常人难比之志，勇猛英迈，且精于兵法，善攻城拔寨。这等组合堪称绝妙。

永禄三年（1560），义元大举进驻尾张，五月十八日便将粮草运入大高城内，蓄势待发，准备翌日清晨进攻织田信长所驻鹫津丸根城。这一消息被紧急报告至信长处。信长召集老将们会谈，讲的都是些家常闲话，夜深后就让大家各自回家。老将们回去时纷纷感叹，人有运尽时，智慧之镜有混沌之时。黎明时分，有人紧急来报，义元已兵临鹫津丸根城下。彼时，信长高唱幸若《敦盛》中的一节，"人生五十年，与天地相比犹如梦幻。一度得生岂有不灭乎"，然后令人吹响螺号，取来甲胄。站而食毕，穿戴盔甲，冲出阵营。随行者五六骑人马，一口气驰行三里地。途中人们纷纷加入，直接冲进义元大阵中。信长手持锋利刀刃，见机便一刀砍出。砍过之后，头也不回，淡定过人，叹为观止。想必现代人所缺失的东西之一正是这种自信。

　　夏目漱石在文学上很讲究规整。或者说，他只处理那些比较规整的内容。这与科学研究中整理材料时的态度有些相近。他的文学论也是同样，让人有一种读科学作品的感觉。这是因为其中舍弃掉了偶然之味，尽是规整、明确之处，缺乏那些会让作品产生阴影感的不规整、偶然性要素。只是这些作品虽然讲究规整明了，却缺乏一定的深度。随笔比起小说与文学论而言，更是以其中的偶然性而备受青睐。然而，即便读他的书信，也总觉得百无一用。他的信里不会涉及那些让人动弹不得的痛楚。就连他写给那些在大学里饱受学习生活以及毕业方面精神折磨的青年们的书信，也是规整明了。那些信更像是写给不再有痛楚的成年人。他与弟子之间的关系大概也是如此。这自然也是生活方式的一种。只是对于我这样农村出身之人而言，总感觉少了些什么。

　　在中学的入学考试中，有关于本居宣长的房间为几平方米的题目。历史教科书中出现的是榻榻米的张数，因此，学生得先记住张数才能计算。虽然有人认为算术题目不应增加学生的记忆负担，但是从综合科目的角度来看，这类题目却有一定的必要性。话虽如此，但是宣长位于松阪的房间究竟是城市房间布局，还是农村房间布局呢？对此，即便是建筑史教授恐怕也难以轻易回答。同一张榻榻米在不同的两种户型中截然不同。若如此，该问题难度其实很大。除了上文中的情况外，听说理科题目也涉及具体数字，比如，与呼吸相关的数字"十八九"，或者脊椎的数量"三十三"。然而，这些数字是确切的吗？可以如此断言吗？而问及《大日本史》的成书时间一题，也是难度很高。很少有人知道，成书时间其实是在明治时期之后。还有，佛教的传入年代是不是 522 年也无法得以严格确认。这些数据看似偶然性弱、差异性比较小，事实上却是经不起推敲。

有很多人留学回来之后，感觉自己突然间不会写作了。在国外疲于奔命，逐渐丧失了自信。在国外期间，自己国内的位置一般会为人所接替。如果不是某种地位特殊之人，他在留学期间空出的位置甚至会由其他人彻底接管。如果长时间没动过笔，盯着自己写的东西翻来覆去地斟酌，进行深刻反思时，甚至会有避世的想法。古时人们留学时间比较长，在国外一待就是二三十年。如今留学期限渐渐变短，这并非坏事。推古到白凤时期（645—710）的长期留学到了平安初期就缩短了不少。若是传播国外的东西，留学可谓上策。若是培养自己的东西，未必一定要去国外。

书信确实很难写，回信尤其难写。有时到了写信的时候，甚至得专门外出一趟。虽然我习惯于写作，但是信却是一下子写不来。日日沉溺于思索，反而与好时节擦肩而过。像以前那样轻松写信、愉快读信的时光已经一去不复返。想当年自己会把周围的自然风景都一一写进信中，如今来看，颇为不可思议。像小川芋钱先生那样的可谓罕见，他虽年事已高，但却时常在书信中写下季节的变换、自然的推移。到了冬天，虽然手不住地颤抖，小字写起来困难，但是老师他还是会在述说完要点之后，描述当时的自然风景。我每次都是以品味古典之心拜读。

最近朋友聚会时谈及想不想再次返回到少年时期之事。经历过中学阶段的大家都笑道不愿意回去。可能中学时期是大家最辛苦的时候了吧。那是大家一生中最迷茫、烦恼最多之时，然而却没有老师可以帮忙指点迷津。当年的老师无非是教授三角课、动物课、读本课的老师等等，老师与学生之间只有教科书。当我们忘记教科书时，基本上也就忘记了老师。不过，小学却不一样，我还清楚地记得我的小学老师。不过，我记不起中学老师，并不只是因为中学老师数量多。

记得有次老师要求就《方丈记》写读后感。结果，半数以上的同学写了《方丈记》与忠孝之间的关系。

还有一件旧事。学校院子里杂草丛生，于是我对学生们说："明天要除草，大家带上镰刀来。""老师，我们来学校不是为了除草。"我便问道："既然如此，那你们有用火筷子提拉过木屐吗？"学生回答说："有。"我接着说："火筷子本来也不是用于拉木屐带子的，但是既然火筷子可以用来提拉木屐带子，那么学校也就可以找你们来帮忙除草。"学生们听后笑了起来，答应一起除草。讲道理的孩子们对于道理没什么招架之力。松本的女子师范附属学校里有一个学生是我朋友家的孩子。这个学生上课时间在教室里走来走去令人厌烦。教学实习生提醒道："请就座。"学生听了，就回到自己的座位上，但并没入座，而是直直地杵在那里。教师实习生再次提醒："请坐到座位上。""老师，我顶着座位呢。"[1]果然，那学生把手牢牢扣在椅子上。当时的教师实习生是位女老师，突然有些尴尬，不知道说什么好。在这种情况下，女老师应该说："你要认真听老师讲话，老师说的是让你坐在座位上，不是让你用手顶在座位上。"

还有一次，一个学生用小刀削切座椅。我一巴掌打在他头上。于是孩子说："老师是不可以打人的。"我又给了他头上一巴掌。"给你讲了你都不懂的话，那就没什么办法了。要是你这种毛病不'切'一下就不能改的话，那就只能请医生来给你帮忙了。"我说道。之后，这个学生就听话了不少。在他毕业五个月左右的时候，有一次我拿着重重的书正往车站走。当时是刚做完讲演，手里拿着很多书和照片。这个学生在人群中看到了我，便向我走了过来。他跟我说他是来送人的，送的是寺院里的人。他帮我拿着行李，送我到车窗前。当火车离开车站的时候，我看到他擦着汗，向来时的桥走了回去。那之后，我就离开了那个城市，再也没有见到过他。如今已经过去了十二三年，我想他应该已经成为一名优秀的僧人了吧。

《新教》 昭和十年八月号

---

[1] 日语中"坐在座位"和"顶着座位"只有一音助词之差。——译者注

弯　曲

　　去年暑假，助手大贯在信浓的户际度过了一个夏天。途中在长野市待了一两天。有天晚上散步至善光寺的大街，走到了师范学校前面。大贯君说这里是金原老师学习过的地方，便在黑暗中面向校舍的方向摘帽行了个礼。闻听此事之后，我觉得自己也有诸多地方需要向这所师范学校致谢。当时师范学校的教育非常严格，即便是岛崎藤村先生的小说也只能在背地里看。我并不是很适应当时的教育方式，在四年的时间里，我咬着牙学完了大量与我性子不太符的课程。有很多东西几乎只能是在那里学到。我学过手工，学过音乐，它们都为我打下了很好的基础。当时的中等教育认为，学生要尽可能广泛地接触知识，越是不合性子的东西越要刻苦学习。打小就只学习与自己性情相符之物，只会助长任性。既不能让性情有所拓展，又不能让性情充分定形。现在来看，当时遭受的痛苦绝非无用。我犹记得当时我怎么也学不会音乐，有时做梦都会梦到自己被要求站着唱歌。如今已经过去了二十四五年，当时的情景依然无法忘怀。直到后来，我来到音乐学校教课，才意识到当时福井直秋老师教授的和声学的重要性。只要能力足够强，人在青年时期就应积极应对更多的压力。我觉得自己也应该像大贯君那样，向师范学校的校舍行个脱帽礼。

　　在去大阪演讲的途中，车窗外可见柔和的绿色。从美浓到近江周围的景色让人心生喜欢。田地水满，禾苗挺拔。禾苗之间泛着水光，那种柔和的浑浊感让水的存在愈发明显。田畔弯弯曲曲地将水切分开来，甚是自然。田畔的这种曲线应该已经在日本历史上持续了很久。虽不知始于何时，但至少在三四百年前就有了这种曲线。它或许堪称日本的一大特色。虽然保持直线相对容易，但是保持曲线却非易事。法隆寺、正仓院的工艺，万叶文学、药师寺的雕刻，这些事物之所以经久不衰，其奥秘就在于保存的力量。文化背后总有着一些相通的东西。在田畔的曲线中亦能感受到日本那平和的持久性。

信州诹访山浦的用水堰有几处会绕过火山山脚下的原野，灌入田圃中。用水堰有两个作用：一是巧妙地分布水流，二则是引发人们争夺。今年梅雨不足，似乎就引发了人们争夺水源。事实上，引发水源争夺才是用水堰的一大功绩。若是没有彼此间的竞争，那么只有三分之一的土地能够成为田地。虽然有三分之一的田地水源充足，但其余三分之二却只能变为旱田。对此，只有通过水源的争夺，甲地的水才得以流向乙地，甚至流向丙地。这样一来，水源能够覆盖更广阔的区域而不被浪费。因此，水流的争夺使水流的分配更加合理。这是一种非常有趣的视角。水源争夺的背后却有一种东西不可或缺，那就是邻里之间的和睦。争夺水源是一时之事，和睦才是一世之事。随着水流注入田地中，人们得学会逐渐忘记之前的争夺与争吵，如此才有持久的和睦。

有一个朋友跟我讲过这样一句话：著作与讲义都离谱的是为下等资质。著作和讲义都不离谱的是为中等资质。著作不离谱，但是讲义离谱的则属上等资质。

五岁的孩子去了趟动物园就喜欢上了长颈鹿。然后就说，自己想变成长颈鹿。只是，要变成长颈鹿的话，将来该怎么去动物园呢？步行去吗？还是坐电车去呢？电车的话肯定会抬不起头吧？这些问题令孩子有些担忧。之后，孩子就拜托姐姐下次去动物园时给它带上些煎饼。变成长颈鹿这种天真的想象，若是只到这个地步，稍稍让人感觉有些可怜。后来孩子六岁以后再去动物园时，便说自己只要看看长颈鹿就可以了，已经不再想着变成长颈鹿。

为了形成立体观念，有人认为让学生创作雕刻就可以。立体观念要从立体中获得，这个听上去很在理。因此雕刻入门便有两种方法：其一是用黏土来创造立体模型，其二是借助素描将其平面化展示。然而，平面素描何以能够用于立体作画的教学呢？倒不如说，平面才是离立体最远的东西。平面中无法展示的不正是立体吗？很多人一定会有这样的疑问。将圆状物画成是再自然不过之事，其中无须考虑立体与否的问题。然而，正因为立体之物是以平面状展示的，反而才会给人以立体之感。将向前探出的膝盖画出平面感，是很困难的。但是当人们竭尽全力用平面来表现立体时，就会真正理解立体。对于立体的理解是建立在平面的基础之上，国民的道德培养也是同样，不是通过道德自身的形式，而是通过平面的方式予以说服，才可见国民道德的立体性。

西洋的花草，不论是形状、颜色、香味都尽显华丽。它们本身就是完整的画面，因此仅有花本身也足以为人所欣赏。但东洋的花草却不同，即便将整个花朵全部呈现，依然会有一种不尽之感。单独的花，或单独的叶子提不起人们的兴致。只有苔藓、根茎、叶子等相互衬托，方可见花之美。花朵单独呈现时，尽是未尽之处，这才是东洋的花草。这也就是所谓的平面形式。正因如此，对于我们而言，其中的立体感才愈发冲击人心。

从这点来看，流行就像西洋的花草一样。当然也存在着不是全部都暴露的流行，但是比起那些非流行的东西，它所暴露的无疑更多。流行即便有远离的倾向，但在其激烈盛行之时，仍然会给我们一种西洋式的氛围感。

《实践国语教育》 昭和十年八月号

内　语

我从滑川道夫那里得到了其父滑川道太郎的遗稿抄本《秋之小岛》。归来途中，将其放入怀中，心中倍感温暖。在初冬的夜灯下，将其翻开。

第二页，有一篇题为《退稿寒暄草稿》的短章节。此时，外面落叶飒飒，时而伴着些雨声。

我的友人中有人因病而退职，但是我却可以无病而退，此为幸之一。

听着窗外的雨声，我开始思考这个短篇以及作者长期在东北地区所做的教育工作的意义。平和的叙述中充满感激之意，字里行间隐约可见他退出人生舞台时的幸福身影，以及他面对死亡时的态度。读及此处，我不由得又想到语言自身的问题。

语言乃心之所成。如此描述看似平淡无奇，事实上在内心向语言转化的过程中需要一个必要的节点，即拓展点。拓展点如何出现，又如何被逾越，构成着"心"与"语言"间的中心问题。我们"心"之所见、所思、所念之物，并非简单的所见、所思、所念。见闻思考皆有形。此形可着色，可成线，亦可成语言。作者自己虽已经退休，但是于己而言这并非不幸，而是幸运，如此想法经浓缩后便产出"幸福"这样的语言。如同明亮、平静且安稳的落叶上所映射出的初冬阳光那样，其内心写照中充满着恬静之感。在这种心境下，作者要结束长期以来的教育生涯。不是不幸，反而是一种幸运的心情再次跃然纸上。虽然这些内容尚未达到可以完全言说的地步，但是内心已然是充实、明亮且幸福。它们朝着"我是幸福的"的表达方向聚集。不是在向谁诉说，而是已经悄然浸染在"我是幸福的"表达氛围中。不是没法用其他语言表述，而是自己在向自己述说，自己在说服自己，这就是内语。"幸"之一词，构成着一切思考的轴心。

于是以此为轴心，产生出各种各样的内语。一位朋友因病而退职，一位朋友因寻找工作而颠沛流离，自己却未曾遭遇任何一样，因此自己是幸福的。退职的人中，已经有人离世，自己却是在退职之后，才觉察到死期将至。这些也都会浮上心头。还有，前人曾说过的"能回佛罗伦萨，死亦悦事"也涌入心间，这些内容在内心深处被言说，发挥着作用。即便谈及死亡，"幸福"亦是不变的轴心。之前是幸福的，今后依然是幸福的，他的心中总是充盈着愉悦。幸福之轴始终不变，内语也是绕轴而生。轴心在指定着内语。

在内语的推进下，内部语言的凝聚便逐渐形成。在轴心的支撑下，跟随内语的性质最终凝练出以下内容。

一、友人因病而退职，自己却是健康而幸福的。

二、自己无须颠沛流离，是为幸福。

三、自己永久地待在一个地方，长达二十年之久，出生、教学、死亡都在一个地方。这就是故乡，此亦为幸。

四、自己已经接近暮年。虽死期不远，然于己而言死却是幸事。

如此这般，内语逐一聚集而来。将手置于膝上回味着过往长期的教育工作，作者在字里行间展示给我们的是那个健康安静而又幸福的自己。内语便在于此处。

当内语凝聚至此，轴心部分就可分为三个方向。其中的一个方向便是面向过去的方向，即，面向长久以来的教师生活。这里包含着更加深刻的内容，以及包括我们无以知晓的各种故事。漫长的过往最终凝缩成"二十余年"这一个词。

在这里有友人的故事，生病的友人、健康的友人、颠沛流离的友人等等。跟这些友人相比，自己便是"其幸之一"。作者情不自禁地数着幸福。如此内语，凝结成语言，化为外部语言。面向过去的思考汇聚为内语的"幸福"。

作者自己终于也感受到死期将至，于是觉得死亦幸事。前人曾经面对死亡时表达愉悦之感的语言也渗透了进来。面向未来，坦然的心境一览无遗，幸亦生于心中。过去与未来都面向现在的幸福聚集而来。过去、现在、未来这三者汇聚在现在这一节点上，平稳地着落于"幸福"这一轴心上。"现在"这一节点上凝聚了所有的内语，或者说，所有的内语都集结在这一节点上。

这一节点中包含如下形式。

一、存于轴心之上。

二、采用"现在形"的表达方式。

此时，语言表达上所采用的"时态"，特别是"现在时"，就非常耐人寻味。以前，波多野完治先生在《语言（コトバ）》上发表的论文《时间的表达与表达上的时间性（時間の表現と表現の時間性）》就有很强的参考性。其中有这样一段话。

如今的语法学中将动词的"现在形"与"现在时"相混淆。现在形是为了表达现在时而产出的表达，并不表达该范畴之外以及该范畴之上的意义。如此便是当下语法学中的认识。只是一旦站在这个立场上，如上所述，"历史上的现在形"就会变得无法得到合理解释。然而，这并非"历史上的现在形"本身不合理。细江逸记先生曾谈到，将动词的"现在形"与"现在时"混淆的话，会造成表达上的完全混乱。比如动词的现在形可以表达如下几种情况。

a. 真实的现在

b. 无关时间的真理

c. 反复重复的习惯动作

d. 确定的未来

e. 现在完了

f. 过去

即，"现在形"可以用于表示现在时、过去时、未来时三种时态。

对此，一般认为，"现在形"是首先表达出"现在时态"，然后再派生出各种用法，然而，"现在形"之所以可以表示"现在时态"，其实有着更加深刻的理由。细江先生进一步指出，动词的现在形是一种"直感直叙"的表达形式。

换言之，"现在形"就是指将那些所能直接感觉到"这样的""这种的"东西直截了当地予以表达的结果，也就是人们思维中所述的"直接表象"。因此，其中所描述的事物，

与时间自身的区分方式并没有关联，时间本身并不成为其区
分的关键（动词时制研究）。

同时，细江先生指出，这种直感直叙，是与现实感受契合度
非常高的语言表达。

在此可以仔细分析一下细江先生所提出的用法 a 到 f。a 中
所示的是真正的现在。b 中所示真理无关乎时间，是恒定存在。
既然是恒定存在，那么就永远都具备成为现实的可能，即，永久
的现在，如此便可与 a 统一。c 中所示重复反复的动作是指实际
动作行为的反复出现，与 b 中所示内容同样，都可出现于现在，
表示真实的现在。d 中所示确定性未来意味着它们会成为确定性
的现在。这些未来假以时日必然会化身为现在，所以其与 a 又是
有着共通之处。e 所指的现在完了，就是现在的延伸。f 的过去
并非表示永久的过去，即不是那种永远都不能成为现在的过去。
f 所示的这种过去可以化身为现在，是在现在亦有存现可能的过
去，这种过去亦与 a 一致。由此可见，虽然从时间的平面性上来
看，现在涉及过去、现在与未来，但是，可以贯通三个时点的
"现在"其实包含着两个方面，其一是"现实中的现在"，其二
是"跟我们直接相关的现在"。"现在形"被称为直感直叙的表
述方式，显示出所涉事物的高度实存性。细江先生曾指出"虽然
a 可以表示真实的现在，b、c 则可以在某种程度上表示现在，但
是同样的阐释，无法适用于其他几种情况"。不过，结合以上分
析可知，细江先生的认知其实稍有偏颇。

这种时间上的现在，也会表现在语言的形成过程中。在《退

职寒暄草稿》中，过去和未来都是通过"幸福＋现在形"这样的方式来呈现。由此便可理解内语凝练后的表达为何用的是现在形。

在这个轴心上，现在形便是一个拓展节点。基于这个节点，内部语言变化为外部语言。轴心内容和现在形由此获得形式上的外化。

> 我的友人中有人因病而退职，但是我却可以无病而退，此为幸之一。

此时的表述中，轴心之处的"幸"字，在日语表达中采用的就是现在形。之后几句也是同样，关于"幸福"的日语表达都采用现在形来表达。

> 比起颠沛流离之人而言，此幸不言而喻。

> 在故乡工作二十余年间，几乎从生到死都在故乡——此乃幸之一。米开朗琪罗说过，能回佛罗伦萨，死亦悦事。

只是，关于最后一句，有两种解读方式。

其一的理解是，米开朗琪罗说过，能回佛罗伦萨，死亦悦事。

其二的理解是，米开朗琪罗说过，所谓死，就是能够回到令人愉快的佛罗伦萨。

不过，从语感上来看，合理的理解应该是前者。这里的"说过"虽然会将相关认知带回过去，但是这种过去并不是那种再也无法复苏、无法被复制的过去。语言上虽然体现的是过去，但是在人们直接感受上则是高度的现实。这里所讲的是自己那已然确定的未来，只是言说之时是在过去。即，如前面的 d 和 f。这种过去亦最终在这里呈现为轴心的"现在"。

那么另一方面，在内语外化的过程中，内语自身是否已然消失了呢？是不是已经没有内语的存在了呢？内语是否已经完全转换为外部语言了呢？此问值得探讨。外部语言是以内语为轴心而凝聚的，其在外化时自然是有内语在其中。然而，语言外化时，也会伴随更多语言的内化。在他讲"我的友人中有人因病而退职"这一外部语言时，背后隐藏的就是众多友人的身影。关于这些友人的具体细节自是无从知晓。如果对其予以具体言说，那就是外部语言。在"我无病而休可谓其幸之一"中，亦可见内语，即，他在述说着在安静祥和的生活中所体会到的乐趣；以及，二十余年来在自己的故乡，安稳地进行教育工作，而且这个故乡"几乎是从生至死都不曾离开的故乡"等。这些外部语言同时内化着作者对乡土深沉的爱。

有些学生会因为父亲工作的缘故而经常流转于各地。当他们被问及自己的故乡在哪里的时候，或许很多人都会下意识地选择自己在小学三四年级时待过的地方为答案。在那个年龄段，我们的记忆开始定型，时间过得也慢，自己的交际圈也逐渐形成。虽然三十年后成人的一年感觉非常短暂，但是少年时期的一年却感觉甚为长久。就像小时候，石头和木头总是让人感觉很大，时间似乎也会变长，那时的故乡有一种久居之感。故乡是长时间生活过的地方，同样是两三年的时长，三四年级时的故乡才最有故乡感。在最近的某个教育协谈会上，九州师范学校附属小学的一位教导主任模样的人根据自己的经验对乡土教育的必要性提出了一些质疑。其中讲到一点，学生们虽然从小学一年级到六年级都在家乡，但是毕业生中最后只有十几人留在了小镇上，大多数人其实都去了别的地方。不过，我觉得他的质疑中有两个问题：其一，对于这些离乡之人，他们才应当享受更多的乡土教育。去往他乡之人都是丢失了故乡之人，他们对故乡有着更深刻的情怀。其二，如果因为终究要离开故乡，就可以舍弃故乡教育的话，那么，大家终归都要长大成人，少年教育之类的也就没有必要进行了。总之，言归正传，相比起人们的各种移居生活而言，作者所描述的"在故乡工作二十余年"看似不是特别长久，但是其中内语却十分丰富。比如，于我而言，秋田那样的地方自然是未知之地，但对于作者而言，却是以秋田为故乡。他在那里从事教学工作，在那里老去，在那里死去，"几乎从生到死都在故乡，此乃幸之一"，作者可以如此断言，足见其内语的深度。他甚至将文艺复兴时期艺术家的"死亦悦事，幸能回归佛罗伦萨"直接变成自己的语言，以能死于故乡为悦事。在其外化的语言中，他虽然没有明确说出自己会如何欣然面对死亡，但是在内语中，这样的表达却是鲜活有力。

吉江乔松先生说过，日语是具象化的语言，"日语是具象化的，且更加拟声化，更加拟态化。哗啦哗啦、轻飘飘，还有，厚颜无耻（日语中为拟态词）、哗哗响、沙沙沙等表达虽然是时代变化的产物，但在语言中不可或缺。结结实实、气势如虹等表音式的语言也是日语中所特有的内容。让法国人来说，日语是诗歌性的，不过，另一方面，同时也是缺乏推理性的语言。的确，对于法国的孩子而言，早早就会用'absolument'这样的表达，但是如果将它译为'绝对'等意时，怎么看都不像是孩子讲出来的话。在日语中，比起那些适用于议论的抽象用语，具象表达的语言却是数量极多。由这样的语言所构成的日语句子，比起理论说明而言，更加适合描述；比起描述而言，更加适合表述"。

内语世界越发达，外部语言就越是具象化。具象化的外部语言让内语丰富鲜活。故而以内语为主的语言在逻辑上未必足够严谨。吉江先生也说道："从本位功能上来看，在日语中，以描写为本位的小说类文章要比以理论为本位的文章优秀很多。且仅从短篇小说上来讲，与国外相比，日本国内优秀的作品也不在少数。不过，若是议论文，即便与现代相关的内容，理解困难者亦不占少数。这不是思维差异的问题。即便在思想上有差异，表达依然可以清晰易懂。毕竟我们也会碰到比国外论文更难理解的论文。当然，这也不能完全归咎于日语的自身属性。在那些混乱而又急躁的表达中，很容易出现整理困难之处，既然如此，那么，同样的整理困难也应当在描写本位的小说中可见。但事实上并非如此，在日语的描写类文章中，反而有更多的知名度高的文章，朗朗上口，极其容易理解。"的确，事实情况恰如吉江先生所言。日语的论文晦涩难懂，大抵上是源于其内语性语言的本质吧。

《退职寒暄草稿》启发我思考良多。语言的深度体现在语言外化背后的内语，以及支撑语言外化的轴心之上。不知何时，窗外雨已停，月已升，一片静寂。在静寂的夜里，那个以退职为幸，满心充实之人让我独自浮想联翩，直至夜深。

《实践国语教育》昭和十一年一月号

信 浓

被 炉

我在孩提时代就开始接触被炉，到了东京愈发不能离开被炉。中川纪元也曾笑言道："如果取走被炉，蚊帐就会出现。"特别是，对我们这些读书写作之人，被炉一张，夫复何求。学校已至寒假，假期在被炉里写东西甚是享受。世上倾向于将信州的文化与被炉合在一起，这是再自然不过的，却又是意味十足。信州教育界中出现"左倾"思想后让人们惊讶不已，于是有人就将这种思想跟被炉结合起来了。佐久间象山的话，稍微有点复杂，可能难以界定。不过，一茶如果还在世的话，应该也是倾向于"左倾"吧。过去信州教育中流行过白桦乃至新村思潮，甚至出现过自由教育的思潮，但是另一方面，极其保守的思想也存在过。那么到底哪一种才是与被炉有着额外的关联呢？

昭和九年一月十日

季 节

信浓最好的时期之一是，长冬刚尽，桑田以及田野里的雪上残留着灰色的、泡沫状的征兆之物，向阳的土地上甘草有发芽但尚不及开花，树干、桑枝上逐渐出现油绿状之时。还有一个时期是，秋末树叶落尽，山里已经下了三四次雪，村落里却还没有下，晴朗的天空沁人眼目，令人感觉长冬将至。这两种时期给人的感觉，如果不是长居信州之人，一般是无法感受到的。信浓的初夏与初冬让人印象深刻。初夏从葱绿的山谷间向深处行进时，将手脚浸入河水中的惬意感以及火山脚下大片的芒草与荞麦花给人的视觉享受感，都是外人难以体会之处。信浓自古以来相传的美景都是一些小而精的景色。或者说，无名的山麓与溪谷中反而常见美景。在我来看，信浓不论哪里都充满着季节的美感。这种美不是局限于某一地，而是遍及整体。

昭和十年十月十日

故　国

最近家乡年轻的友人写信跟我说，在他们那些守护家乡的人来看，那些离开故乡的人几乎已经忘光了自己的故乡。他希望我不要忘记故乡，不要忘记故乡的被炉。随着人们轻率弃乡的时代逐渐到来，那些留守故乡的人们致力守护故乡的强烈心情完全可以想象。我们小时候，就算是去邻村，也有一种进入敌人阵地的感觉。其他村里的孩子经过我们村时，我们会用脏话骂他们，向他们丢石头，阻碍他们通行，总之不会让他们轻松通过我们村。如今，村与村之间的界限已不是那么明显，连自己的故乡这样的念想也在被抹杀中。对于那些在故乡观察城市的人而言，"守护故乡"之心自是无可厚非。

《信州人》　昭和十一年一月十日

砚

故乡来的老朋友给我带了砚台做礼物。虽然比起甲州雨畑的器物质地要软些，但是石头纹理细腻，手感上佳。

虽然我自己的专业是东洋美术，在教室里也讲过砚台相关的课，也有较多的机会接触砚台，不过我自己却是没有什么砚台。得了这个砚台，心情颇为愉悦，就想着在这个周日里也提笔写点什么。我的故乡是信州的诹访，这块砚台是出自诹访邻郡上伊那的横川河河底与溪涧的粘板岩，岩石的外侧还有铁锈。砚台颜色非常美丽。我家西侧有浓绿的树林，绿荫甚至会映射到屋子里面。绿荫下砚台愈发赏心悦目。郁金色的方布里衬着的是白里子。打开后，可见一张透明的纸上盖着"信浓铭砚"的朱红印。从纸中拿出纯黑色的砚台置于手心，其乐无穷。砚台名叫龙溪砚。

砚台中，中国的端溪砚颇负盛名，我有一块与之齐名的歙石。中国的大学教授傅抱石来留学时，曾在我们学校研究东洋美术史与东洋画论。那是傅抱石留给我的石头。傅抱石翻译了我编写的《唐宋之绘画》，在序文中如此写道。他在来日本之前就已经读过我的书，特来向我请教，一大早来我们家见到我时，形容我是"徘徊门外不能自制"。然后形容我家时写道："本以为何等豪华气派，然而，木构一椽，极其朴陋，这真的是老师居住之处吗？"以为我家何等气派，结果漂洋过海后发现竟然是陋室一间，让他颇为惊讶。他带着几本自著之书访学。见到我之后，他又如此写道：

> 老师曾言，近期要完成中国中代画论研究，之后再进行中国近代画论研究。以十年为期，或可完成此志。老师勤思精虑，学校事务之外，还尚未有闲暇执笔。室中满地书物，在其中促膝而谈，挥毫自若，笑颜敞开，功力深厚，让我等浅尝辄止者深感惭愧。

"用汉语写我的话，是这样的感觉吗？"妻子笑道。

这个砚台绿中带黑，也就是所谓的蓬色。中间有牛毛般黑色细线。手摸一下略感粗糙。哈口气用手指刮一下，皮肤上的褶子会被刮掉。端溪的砚台也是如此。放在显微镜下观看可见，中间是有着细细棱角的细小碎片。因此，墨粒才可以被磨得更细。研磨时，墨如被吸，所成之墨，色泽鲜艳。我非常喜欢这个砚台。傅抱石去年夏天得到母亲病危的消息，就立马回国了。回国之后，他身边事情变化了不少，就再也没能来日本，结果砚台就一直放在了我这里。如今他已经是南京中央大学的教授，讲授东洋美术史与东洋画论。有一次邮件中还写到，正在讲六朝美术史和六法论课，过段时间想把讲义教案发过来，请我帮忙看一下。以及，六月开始在南京有中国的古典美术展览，希望我去参加，费用什么都给报销等。

> 阳春三月，江南草长，回首向东方，万感咸集。上野的樱花，想来又将凋落乎。

每每读至这样的书信，心中百感交集。我也将近五十，随着年岁的增加，越来越多的人对我报以信任，于我施以帮助。四月份带着学生进行古典美术的研究旅行时，在室生寺我就写下了这样一首和歌。

久经岁月，不见形有所变，色泽渐古者近人乎。

人生在世，虽有亲吾之人，然难挡岁月之推移。

室生寺处于深山，正值樱花盛开之际。

赏西国樱花，心宁不已之处，花满压枝低。

以这种心境待在寺里，便会深切感受这座自平安时代后就得以保存的寺院只是颜色上有所变化而已。形状变化的话便有颓废之感。在不变的形状与变化的颜色间，感受到的是一种古色古香的亲和感。无独有偶，在自己的身边，也有那么一群人对自己持有相近的亲和之感，而自己的年岁却在渐增。

傅抱石留下的砚台上刻有清代画家高凤翰的像，上面写有"乾隆戊午门人陆晋敬写"的字样。左手第一指与第三指捋着长髯。如此之物，堪称佳品，每每目睹该砚台，就会想到远在扬子江岸的傅抱石。

傅抱石给我写的信都是用汉语。不过在中国的年轻学者中，也有人用非常流畅的日文给我写信，而且是用钢笔从左向右地写。

敬启

初夏之际谨祝老师身体健康、万事如意。

小生虽然尚未与老师相识，却是始终通过您的著作学习您的高见。您的著作对于我们中国的青年学者与艺术家们有着深刻的影响。

如此风格的开篇，言及我的汉译书物，并写道，因为他们学校的教务主任是曾在我这里学习过的谢老师，所以经常闻听老师之事等等。之后写到的是自己希望拜托的事情。这日文写得有板有眼。由于信中写到"噂（传言）"这个字，我就问旁边的助手：你知道这个字怎么写吗？有一个人说是"口"和"虚"。口和虚表示谎言的意思，我就说，你这才是在说谎。一下子逗得大伙哄堂大笑。写这封信的是上海的美术学校教授。有人会写出这么地道的招人嫌的文章吗，不禁令人赞叹。此外，还收到一张明信片，在收寄处写着"日本之古江户"，向我咨询发行过我的《绘画中线的研究》的出版社。明信片上写着读到我书的感激之意，并咨询了这本书的出处以及定价等。能够阅读这么专业的书籍，想必在中国也应是一位相当级别的知识分子吧。尽管如此，却不知日本的东京，只知道我住在一个古代叫作江户的地方，然后写了这样的地名就邮寄了过来。中国真的是一个难以琢磨的国家。应该很少有人会收到地址写成江户的书信了吧？

荷兰的东方美术馆有个馆员来日本研究了这边的美术，包括庭院、茶道、花道、绘画。研究者是一名年轻的妇女，因为母亲是日本人，所以也比较了解日本的情况，会面时丝毫没有外国人的感觉，交流起来也很舒适。我们谈论的是购买屏风的事宜。相互之间倍感亲切，临别时心中颇有不舍。对方还说，让我有机会一定要去荷兰看伦勃朗的画。然而，且不说荷兰，就连中国我可能都没有机会去。

她说将来想要将《东洋美术论丛》翻译成德语，将书打进打字机后开心地回去了。千山万水之外的这项工作，倒也值得期待。现在荷兰与英国也在流行日式庭院设计，她说很希望能在荷兰建造日本风格的庭院。

　　从砚台的事情不由得写到了外国人的事。看到这个黑而细的龙谷砚让我也不由得想起了故乡的山与水。洁白而冰凉的水。那里水之冰凉，连鱼儿都不得生存。然而这种山川和河流中却孕育着砚台石。虽然我手里拿的是从山涧里取来的石头，但是听说除此之外，在河底还有圆形等其他形状的石头。德川时期这里就盛行制作砚台，后来养蚕占据上风时，中断了一段时间，之后，随着养蚕业式微，砚台制造业又开始复兴。用手一摸，砚台像玉一样光滑美丽。石头的冰冷程度、重量也是耐人寻味。在美术作品中，重量是关键因素的是陶器。刀也可以说是艺术品。从用途上来说，工艺品都有一种实用之美。于刀而言，重量也是一项重要的因素，砚台也是如此。砚台置于手掌中时，重量刚刚好。置于水中时透水而过的光亮中会映出深深的静谧感。我还没有将这块砚台放入水中观察过。不过我想起了自己曾经在初夏时分进山中玩耍，并在绿荫下将手脚都置于水中时的感觉。我小时候就喜欢独自一个人待着，没有像样的朋友。喜欢一个人跑到山涧里，在水边看看盛开的棣棠花。有时也会忍不住将脸浸入水中。山中杜鹃鸣叫，田野中草穗远远可见。当时所感受到的石头之美，如今依然历历在目。将砚台置于手中，眼前浮现的就是那条河流中的石头。把石头置于案头欣赏，对于西洋人而言可能是一时难解。得了砚台之后，心中总有无尽的思绪。（六月二十五日）

《读方教育》 昭和十一年八月号

灯　火

　　到了秋天，心中会想到灯火的问题。关紧障子侧耳房外，周边一片安静。在裂开的纸障子处，似乎看到夏天刚刚逝去的影子。有人说，室内灯光在冬天要调明亮些，在夏天要调暗一些。关于灯光，秋夜中有种种想法。

　　良宽从别人那里借来的书物，可见以下类型。

　　《三音考》《万叶集》《万叶集略集》《赵州录》《王羲之法帖》《古事记》《散散难美帖》《太白集》《杜子美全集》《怀素自叙帖》。

　　这些都是读来朗朗上口的书物。一般来说，在电车里专心读书之人会引起别人的注意。学生放在教室课桌上的书也让人有伸手去拿的冲动。良宽的书目置于这里也甚是有趣。通过对比良宽在《万叶集》中所摘录的和歌，可知晓自己与良宽之间的差异。人所读之物，虽然不一定能反映出其核心性格，但却会引发人们的思考："原来这样的人也读这样的书啊。"我每年读两三次评书，并在课堂中评价一番，学生们听后有时开怀大笑，但有时也不全是如此。有次读到"左甚五郎"的评书时，那里面讲到说书人的艺术家气质，以及创作的框架类型，我对此还写过一篇论文。读到落语时，又可见落语之型，落语中没有自然描写，没有位置变化。一座，一嘴，一番周全，成一落语人。对于自然描写丝毫不感兴趣的都市人，将坐在那里的人的会话当作自己唯一的世界。"以防夜半有人敲钟，我也搅和进来了。很抱歉。我是长家的八五郎。"在这番描述中，自己从家里步行到邻居家的过程完全被省略掉。落语像这样没有位置移动的比较少见，而且关于移动距离的描写也比较少见。说话间，人们已然从大阪飞至东京。评书、落语都是端正的文学形式。思考这些时，比起那些与自己相关的书籍而言，那些与自己无关的书籍倒是更加有趣。

名画中必然是新旧感同在。仅有新鲜感的内容很快就会过季。今日的流行，到了明天就会立马成为最陈旧的东西。在新旧交融中，才有作品永恒之处。这是因为现在包含着过去。如此道理对于文学作品、美术作品或者说人们自身而言都是适用的。

在《朝日新闻》上看见了汽车比赛的消息。汽车中凝聚着人类的智慧。速度大，持久力强，但是观看者们却没有什么兴奋感。与此相比，奥林匹克运动会就不一样了。对于那些善于游泳与跑步的选手而言，他们未必就穿越过朝鲜海峡，也未必翻越过西伯利亚。在速度与持久力上，奥林匹克选手自然是赶不上汽车。虽如此，奥林匹克所能带给人们的兴奋却是无法比拟的。虽然英语报纸上的报道不是很热闹，但是其中所带给人们的兴奋绝非汽车比赛所能想象到的。日本帝国宾馆平常基本都是满员，到了奥林匹克运动会时，已然几乎没法收容外国人。其他的宾馆大概也只能容纳三百来人。有人说，多造些不就可以了吗？但是造了宾馆后将来怎么处理呢？且不管这些，这些蹦蹦跳跳的运动会到底是为何让人们热血澎湃呢？战争与恋爱是最容易让人们感到兴奋的事情。不论文明如何进化，战争与恋爱始终都是最原始的行为。武器曾是最为精锐之物，然而不论多么精锐的武器，到了最后，战争也只能演变成一场肉搏战。不论文化如何发展，最后所残留的就是原始之力。人们所摄取的营养影响的是个体自身。这些营养不会进入他人的肺，以及机器的发动机。即便是通过消化药物得以消化，最终也是人们的机体将其予以吸收。最终产出的东西，不是基于其他外在的力量，而是基于人们肉体层面的各种动作行为。因此，肉体从一开始就是完整体，而这种完整性中同时伴随着诸多极限。这与人类的智慧正好相反，人类的智慧只会在不断发展中得以完善。因此，对于肉体而言，超越其自身的极限本就是困难且富有魅力之事。正因为不善于跑步，所以才有人热衷于跑步。这样的情况也适用于电影和美术之间的关系。人用手来作画的能力很快就会看到极限，其精密度与自由度完全赶不上电影。从这点来看，美术早应该被艺术所替代。但是，这种肉体层面的技术，反而可以胜过机器技术，得以留存。只要人们肉体不失魅力，美术也不会有颓废之时。同时，不论录音与电影如何发展，文学的终结之时永远不会到来。在比较《朝日新闻》中的奥林匹克运动会与汽车比赛的新闻之后，我想到了这些。

好刀不是切得快。好刀当是入刀如吸。好砚台也同样。好的砚台中，墨如同被吸入砚台中一般。至境当以它感论之。

逻辑亦如此。逻辑的至境不在于其表层，在于其自然而然引人入胜之处。逻辑隐藏在其背后。逻辑的形状犹如天衣无缝的秋天的天空之形。凭依二楼的栏杆处望着秋日的夜空，我思绪不断。

人会利用世上大部分的事物，甚至包括被用作食物的海参。

如果没记错的话，夏目漱石曾经说过，世上最大的冒险之心非第一次吃海参的人莫属。虽然不知道人从什么时候开始吃海参，谁是那个最大的冒险家，但在《古事记》的神代之卷中就已经写到海参。天宇受卖命召集海中众鱼之际，对沉默不语的海参甚是生气，就用纽扣小刀将其嘴划开。此时的海参似乎已经开始进入食物的行列中。出于这样的思考，人还会利用风与雨等。不过，其中唯独有一样无法利用，那就是地震。地震自身强弱不定，无法预测，持续时间短，构成其无法被利用的第一步。我睡觉的时候有时会想，究竟有没有办法可以将其利用。结果，想到的是，在地震之时看一下手表，然后在地震登出于报纸时，再调整下钟表的时间。我们附近没有时间准确的钟表，而且我们家也没有收音机。由此，至少可以通过地震来校对钟表。只是，地震不是一直都有，而且发生之时也多是让人困惑。虽然说不上是产生了多大的用处，不过，我觉得这个世上首次利用地震的人应该是我吧。

学习技艺之时，资质好无用。声音好的话，对于音乐学习而言是一种障碍。下棋的人中，即便品性有些粗糙，但是在棋上有韧劲者便可取。在岁月的洗礼中相关问题会逐渐得到改善。换言之，比起城市里培养出来的性格，乡下培养出来的性格会更有可取之处。一般，城市性格是消费型的形态，而不是创造型的形态。由乡下人创造的且用于都市消费之物并不只限于大米。

看中国画，树木像石头一样，草则像树木一样。即便在日本，雪舟、正信、元信等都是如此。将树木都画成石头，这是西洋人无法想象的。这是中国北方人的性格，在这里面有着北方画的雄伟壮观。中国画在对于事物的左右对称上要求严格。中国是楷书之国。日本则是草书之国。日本画卷与假名书等都是以自然为始。书写时将力量松开，做放松状。其中就体现了日本的性格。日语中主语的助词标记是"は（wa）"，但是等到"が（ga）"出来后，前者作为主语的用法就更加明确了。这个"が"[1]还可以用在句尾表示转折，比如日语中说到"今天天气很好，但是明天不知道"时，"但是"的意义就可以使用"が"来表示。这个助词，一方面有着固定的用法，另一方面却又存在变更的余地。而且，这种变换正是以其特定用法的确立为前提，然后才衍生出其他的不同用法。

　　原本语言的认定上有两种代表性方向。其一是理性认定的语言。从单词层面来看，有"けれども（keredomo）""しかしながら（shikashinagara）""もし（moshi）"等词，表示转折之意，这些理性思维层面的词语是人类专属的内容。另外一种认定方向基于"おや（oya）""まああ（maa）"等感性词语。它们表示一种感叹惊讶的语气，这些词语在动物那里也可见。此外更多的语言则是介于二者中间。"笔"既不是理性词语也不是感性词语。说"笔！"的时候属于感性层面的表达，但是说"笔如何如何"的时候就属于理性层面的表达。语言本就处在不停地变动中。人与其他生物之间的区别就在于拥有"关系建构"的层面。"关系建构"是带有方向性的。通往关系之路的就是语言。但是，这种方向是不固定的，随之，语言的方向也是不固定的。大部分的语言既可以是理性语言，也可以是感性语言。像"まああ""しか

---

[1] "が"在日语中不是提示主语，而是主格。——译者注

し（shikashi）"这样的词则是一些例外。不是像楷书属性，而是像草书属性一样的语言就是日语，日语的不确定性展现在各个方面。灯下翻开中国画集，念及的是日本文化之态。（十月六日）

《实践国语教育》 昭和十一年十一月号

两种形体性

一

从夏天到初冬，直到现在，我家的院子也是一片空寂。树叶落尽，草儿枯萎。八手开着白花，院中已见土色。若是春时，青草渐延，枝叶渐茂，自成一番风味。然而，如今初冬，每日晨霜枯景，庭院多萧条，更是别番风趣。裸地庭院，苔藓瘦去，土色尽显，得赏此景，可谓初冬一乐事。这时，四十雀也开始频繁飞过，看着这空寂的院子，脑海中浮现的是东洋的艺术性质。

长井云坪是明治中期之前的南画家。他死后很久都被埋没在信浓的大山里，直到大正时期，才终于为世人所关注。其画为粗枝大叶的山水兰竹水墨画，画中有大泷，泷崖处会画兰二三。跟泷相比，兰花一捧有一整怀之大。叶子有一间（约 1.818 米）之长，且也画得心安理得，着实是飘飘然的兴致。他的画中有一种难以言表的寂寞[1]。经常是一幅画画出来连一丁豆腐都换不上，几乎没有人认可。有次在叔伯家狭长的屋子里，给叔伯画屏风。叔伯说云坪的字不行，就自己写了画赞。结果写出来的跟云坪的画风完全不搭，白白浪费了屏风。云坪看着画赞说"够了够了"的画面，在我脑海中不由得浮现。他一生不受青睐，在人群中断

---

[1] 本文中所译"寂寞"一词不是指人的孤独，而是指"画作"自身因不同程度的删减而引起的"寂寞"。——译者注

绝志向，又在长野逝去。画中似乎充斥着一种自我说服的寂寞，无常之感深深袭来。

倪云林的画虽然也有一种飘飘然的超脱感，但绝非云坪那般的寂寞之画。他知道自己的飘飘然之处，知道有人会来欣赏自己的画作，也知道有人懂自己的画。他知道自己的画作不是那种无人问津、无人知晓，为人所嘲笑，如同废纸碎屑一样的画作。云林画中的枯淡是为人们所认可的枯淡。云坪的枯淡却是无处安放的枯淡。

大雅也是优秀的画家。后期为人所认可，交友也广，亦有深切理解自己的妻子，可谓不失满足之人。其周边氛围完全异于云坪。云坪的孤独会吞噬自己，带有苦涩之味。然而，雪舟则是幸福的画僧。他的作品符合时代潮流，背后有强力的赞助，也有很多机会可以全身心创作大作，可谓幸福之人。其画中没有苦恼，没有矛盾，有的多是平静明亮、逻辑清晰的画境。所谓平坦大道亦不过如此。雪舟是画画不失满足且幸福的画僧，他无避世亦无迎世。云坪即便想要避世，亦无世可避。

二

欣赏一下金冬心的《山中白云》。画中画的是山中白云在梅树的枝干间集聚而来之景。虽然没有画出白云，但是受白云集聚影响，树干与枝头的外形都发生了变化。因此，意在白云，却不画白云，白云尽显于梅树枝干处。重要之物置于背后，次要之物画于画面。其结果是，背后的、未被画出之物跃然纸上，充斥画中，形成一种沉浸的效果。在这种沉浸效果中便可见画之深度。

还有，《明月全身》之画亦是如此。画中枝干之细，如同雄蕊一般。纤细的树枝轮廓清晰，形成月光来射之感。梅树从上至下都笼罩在月光之下。树枝上下左右都有光亮，唯独中间部分，光线无法穿透一片黑色。黑色的枝干纤细而清晰。如此便是明月全身的梅枝。画中无月光，月光满画中。画面所示光影之物尽展月光之辉。画中不见意图之物，只见受其影响之物。如此般，画面背后所隐藏之物，不知何时，悄然跃至纸面，浸出于画面。在浸出作用下，画面栩栩如生。

三

在次要之物充斥的画面中所感受到的便是经消去后的寂寞之物，是将多余部分尽可能消去的寒枯之物。不是将其解构、分析构成，再将其组合的实验性态度，而是能消则消的态度。重要之物首先被消去。如此态度下，形成的便是枯瘦之物。金冬心的画便是如此这般的寂寞之形。

云坪的画中亦浸染着一种寂寞。云坪的寂寞表现在其看待事物的视角、感知事物的心境上。他会在形状上消去多余之物。在消去形状上的偶然性之后，让事物以其原本之形与其他事物原本之形糅合，由此形成飘飘然的超脱之感。偶然性的组合下所构建的形体虽然足够热闹，但是缺少枯瘦、寒枯之感。将当消去之物都予以消去之后，便无物可剩。飘飘然的画作本就无以言说，被消去之物已然被尽可能消去了。只是，经消去之后，所能剩下的不就是"无"了吗？最初之"无"与经过消减删除得来的"无"之间有何相异呢？如此疑问当是自然生起。最初之无，是一种完完全全的缺失。经过消去之后的"无"只是数学层面上的一种无，但是在构成的层面上，却是残留着被消去前的形迹。最初之"无"到最后依然是无。经过消去之后的东西则会参与其他事物的构成。其中消失的形状中伴随着其历史形状的显现。因此，所谓的"寂寞之形"就是对于历史之形的消去。它们不是从最开始就是无，也不是从最开始就有一种缺失。叶落后的树梢、枯草之地与沙漠之地是不同的。前者是树叶枯萎后的姿态。

因此，如此寂寞并非一种空虚之感。寂寞在于充实之中。云坪能忍受那样的寂寞不是因为那是先天的缺失，而是有意为之的缺失。缺失中饱含着消去之形。空虚中不见历史，寂寞之形源于历史形状。

四

因此寂寞的形式，可见两种情形。

假设甲的形状构成为（A.D.K.M），乙的形状构成为（A.D.C.H），二者就可以摘出 AD 这一共通项。如下所示，甲的形状与乙的形状都缺失 A 与 D。因此，其形状就会分别变成如下：

甲（K.M）

乙（C.H）

与摘出前的状态相比，此时的形状已然非常单薄。虽然现在的形状分别是（K.M）（C.H），但是它们并非最初就是如此。现在的甲、乙分别是如下所示变化的结果。

甲（A.D.K.M）→（K.M）

乙（A.D.C.H）→（C.H）

甲乙变化前后的推移过程构成其历史过程。这与原本就没有历史的（K.M）（C.H）是不同的，而且与之前没有经历消去操作的（A.D.K.M）（A.D.C.H）之间也是不同的。经过消去操作后，其结构就会复杂起来。

因此，后形（K.M）（C.H）并非如下形式。

（A.D.K.M）—（A.D）

（A.D.C.H）—（A.D）

而是（A.D.K.M）演变成（K.M），（A.D.C.H）演变成（C.H）的形式。如此演变过程，也就是生成过程。因此，消去操作不是简单的消减操作。经消去后的形状会进一步直接参与到新形状的确立过程中。因此结合内部的历史推移来看的话，新的结构更加细致、更加复杂，而形状自身却是消瘦不已。如此般形式上的消瘦，最终构成一种寂寞之形。将这种内核之物予以消去的话，所形成的形式便是金冬心的画作。冬心的画作就是基于框架物的残留。

那么，被抽取出来的内核形状直接残留到画面时，又当如何理解？

如果（A.D）都是没有历史的形状，那么其必然是基于一种完全抽象的作用、基于自然科学层面的概念作用。但是，如果这种抽象具有历史性的话，那么，可见的就不是抽象作用，而是一种具体的形成作用。即不是（A.D.K.M）—（A.D）或（A.D.C.H）—（A.D），而是（A.D.K.M）→（A.D）或（A.D.C.H）→（A.D）。

这里，虽然同样都是经过抽出的（A.D），但是甲形（A.D）与乙形（A.D）并不相同。若非内部历史层面的差异，不论哪一种（A.D）都是一样的。历史层面的差异，或让二者在具体表现层面上有所不同。此时的（A.D），比如会有由兰花构成的情况与由岩石构成的情况，存在着具体表现层面上的差异。故而，即便是同样的寂寞之形，寂寞（A.D）的具体性也不同。如此这般成立便是云坪的画面。即，以抽取内核之物来成画。

<h2 style="text-align:center">五</h2>

因此，同样都是寂寞之形，也有两种形式。

（一）将所包含的共同内容舍弃掉之后残留的形式。残留的形式中可见一种缺失感。这种就是冬心的寂寞之形。

（二）将所包含的共同的内容抽出。通过抽出共同的内容，形成一种特定的基本形。这就是云坪的寂寞之形。

第一种形式中，具体性直接残留，产出写实性。将共同之处去除时，不是从历史而是数学的角度出发的话，就会显得毫无生机，呈现出一种枯萎之形。第二种形式中，则是基于抽象层面的直接展现，这种抽取如果不是从历史而是数学的角度来看的话，同样也会尽失生机，冰冷不已。东洋画这种超乎想象的溃崩之形取决于其旨在定型之形还是旨在萎缩之形。不论哪一种都与广阔的天地、枯寒的天地相去甚远。

在我们的"观照"中，在冬天的寒天枯地里，反而才能真正寻到正确的形态。每日清晨观霜时，芒草枯萎，芒穗在冬日里模糊着身影。芒草之原延伸至篱笆的那头。篱笆那边有在吱吱鸣叫的小鸟。不见身姿，感觉像是莺鸟。如此般住在武藏野，初冬的思绪也是甚多。沉浸在初冬的气氛中，想到的是艺术所拥有的两种形式。校正工作有些疲倦，从桌子上望向庭院里的土地，芒草之原以及芒草之原的日光下，艺术的寂寞之味翻转于心中。（十二月一日夕）

《帝国美术》　昭和十一年十二月号

亲　鸟

　　父亲到四十五六岁的时候，身体还是非常硬朗。然而，有次突然得了严重的胃溃疡，我暑假回家时，他甚至连遗言都准备好了。那时，我还是长野师范的三年级学生。父亲生病后，家里的收入基本也就停滞了。每月的学费都是从邻居、亲戚那里借来寄给我。母亲也是终日惶惶。总是付不起看病的钱，经常被人催债催得难受。父亲有时甚至会将头埋在枕头里痛哭不已。我下面有三个弟弟、两个妹妹。每每念及家中之事，不由悲从中来。

　　我不知道父亲有多么期盼我的毕业。在校时，我拿不出学费，不爱与人交往，独自读书，独自完成植物实验。父亲虽然生病但是坚持了很久。可能是因为父亲原本身体就不错吧。由于没有足够的钱看病，且医生说吃了药也不会有什么用，父亲索性就放弃了治疗。我毕业季时，大家都开心地在忙着制作毕业服。毕业典礼一结束，我没去参加毕业宴会，就匆忙回到诹访去请求父亲的宽恕。当时是和西尾实两人同路的。西尾要去亲戚家，就在松本前一站下车了。我当时脸贴在窗户上跟这位朝夕共处的好友别过，眼里一片湿润。

　　之后我开始独自生活。工资每月是十八元。两元买书，六元生活，十元寄给父亲。父亲收到我的钱后，就会把钱敬献至佛坛。我到现在也没有那么虔诚地对待过钱。父亲是养子，对他来说，继承过来的钱不能有所减少。不论多么艰苦，都不会动那些钱一下。父亲购置了两片荒田，跟我和姐姐们种桑树，将其做成了桑田，最后却淡定地将桑田卖掉。父亲觉得家中只有我最值得信赖，然而两年后我却打算去东京学习。而且作为长男的我同时还想着到他人家里做养子。五月的时候，为了商量养子之事，我回到了家里。父亲说，回来得正好，扶我到被炉里。信浓在五月的时候还有被炉。父亲将两条腿放进被炉里，用手支撑着脸。父亲的手已然枯黄不已。看着那又瘦又细的手，我没法开口。他一边喝茶，一边安详地注视着我。茶壶上富有光泽，来自上野，喝起来口感很好。茶的名字是金鹆园。我实在不想跟父亲说我的事情。然而，我下面还有年幼的弟弟和妹妹。有这样一对父母……父亲听了我的话之后，脸色苍白。放下喝了一半的茶，低下了头。我说完后，父亲还是一言不发。过了一会，父亲说了句，这也是没什么办法了。然后又说，这样啊。母亲一言不发地站在旁边。

父亲对我说，总觉得这个家不是大儿子该继承之处。父亲也是从养子过来的。不过，我自己还是打算出去。

到了院子里，石竹正盛开，一片红艳。蚂蚁沿着石竹向上爬行，游走于叶间。爬到叶子边缘时，又会在摇摇晃晃中巧妙地穿梭到背面。母亲叫我回去，进屋后，母亲盛出了一盘煮有鸡蛋的茗荷新芽，盘子里蒸腾着柔软的热气。盘子上有中国风的山水画，是题着诗句的粗糙的蓝纹陶瓷器。我说，四五天内久保田老师要来见我，就从山浦下去了。山浦绿芽葱葱，鸟鸣交相呼应，正值初夏。

关于久保田老师，父亲既没有反对也没有赞成。应该是还没有想好，说之后一定会给一个确切的答案。父亲没有亲自给我回复。他自己去了趟久保田老师那里，下了与我分别的决心。当时久保田老师在布半旗馆，正好守屋喜七老师、小屋喜作老师也在。守屋老师十几年后跟我讲了父亲当时说的话。

家里院子里有几株两人抱的桑树。树上每年会有四十雀来筑巢。有两只老鸟孜孜不倦地带食物回来给小鸟吃。我经常看到它们早出晚归地去寻觅食物。幼鸟后来长出了翅膀。有一天早上，老鸟把雏鸟从巢中叫出来。雏鸟跟跟跄跄地试飞着，绕着巢边的枝头。老鸟们一边在担心一边在教小鸟飞行的方法。等小鸟习惯了飞行之后，小鸟儿的鸣叫之声也随之远去，直到听不见。到了第二天发现，巢中只剩下两只老鸟。然后它们再产卵，再养雏鸟，后来，老鸟们自己也离开了。鸟儿固然令人心酸，不过自己也是如此心境。"我自己也是那样的老鸟。"

老父亲之后离世了。幸好弟弟妹妹们也得以健康生长，父亲过了一个安心的晚年。家里借的钱也基本还清。我一有些钱就带回去。父亲像以前那样把钱放在佛坛处，之后又放在自己床下。

让父亲开心是件很容易的事情。孩子与双亲是这个世界上最容易让他们开心之人。特别是对于体弱的父亲，更是容易。在盼望我从东京回来的时日里，他总是不停地向母亲和妹妹询问着。他在日历上不停地翻弄着我回来的那一天。弟弟有次说："今天已经是第三次了。""啊，是吗？"父亲笑言道。过段时间，又开始询问。要是到了约定的时间，我没有回去的话，父亲就会非常焦躁。"那个家伙，太不像话。我再也不要见他了。"一时怒气冲冲。一边说着一边打开障子向窗外张望着。家门前有块田地，田间的道路是我回来之路。父亲会把身体探出来看。

家门前的田地不是家里的田地。整天在这里看来看去的，就想着把这块田地要下来，父亲说过。老父亲现在要是还活着的话，我一定给他买下来。然而，唯独这事甚是遗憾。现在我自己也养大了孩子，父亲之事久久无法释怀。

《语言》　昭和十一年十二月号

卷末记

　　随笔是通过联想而将观察展开。联想的基础是观察，但是观察不是在单纯地观察，而是要在联想的基础上展开。随笔形式自然不带停滞。随笔不是以逻辑推理为中心，因此其中没有矛盾，也没有错误。矛盾本就是最自然之形。错误本就是最直接之形。因此，自然与直接就是随笔的两个形式。在这点上，随笔与论文是相异的。论文是以逻辑推理为中心而进行展开。矛盾本身就是极大的错误。因此，论文不能简单地从自然与直接之上进行把握。不过，如果将论文还原为逻辑推理之前的形状的话，逻辑推理就会隐藏于其中，就会形成与随笔比较相近的内容。将论文以随笔的方式、感受性的方式进行书写的话，就会显得比较亲切。

　　今天晚上，日本画课的学生来找我玩。虽然毕业作业已经基本完成，不过，这位学生却带来了一个大笔记本。这本笔记将我在讲课过程中所讲到的闲谈都认认真真地记了下来。本打算将东洋画论、东洋美术史中的美谈一一总结到一本笔记本上，结果是越记越多，学生说。这里面有些故事我自己都记不起来。讲义是论文，但是这些闲谈就是随笔。能将这些闲谈一一整理，实属不易，我自己也惊讶于自己竟然讲过这么多东西。在浅春之夜看到三四年前的课堂闲谈，像是碰到了自己的一位老友。

　　去年夏天，和妻子一起去同乡的小林府邸看了木村尚谷先生的作品。庭院被精心护理，洒水舒适，光线温和。五十岚力老师夫妇也过来了。与老师已经二十余年未见，怀念不已。老师将名片跟我脸一对比，啊，原来是你啊。他跟妇人说了之后，妇人似乎也记起了我。然后对比了名片，果然，还是你小时候时的样子。然后大家都笑了。从现在面孔中找到幼时的脸庞，足见老师平日研究时追溯探究的习惯。不论什么时候，幼时的脸都会贯穿人的一生。这种幼时的脸恰如随笔一般。在四五年前的课堂闲谈中，看到的也是这样一种幼时之脸。我在这部随笔集《春炉》中所感受到的也是这样一种幼时之脸。五十岚老师想到我幼时脸庞的感觉应该也是如此。

我出生在信浓诹访的山浦。那里是八岳脚下，地势高而寒冷，由火山灰堆积而成。那里的土地粗狂贫瘠，激流中泛着淡黑。山脚处如裙摆绵延，沿着中间挖掘出的溪谷形成一个又一个的村落。仔细观察的话，沿着溪谷，各个村落之间风俗人情、景色等各有不同。像这种不出半里，景观不同、人情相异的地方在这世上甚是少见。只是，如果稍微离远点看的话，这里也只是一片连续的倾斜地形而已。"裙摆"绵延处的田地、旱田、树林、草原的形成时间都还尚浅，明治时期之后才种植的落叶松也有很多。诹访虽然是御见名方神时的古地，但是却没什么古老之感。奈良那边的地方就很有古老之感，颇让人觉得不可思议。从诹访出土的古物大都比较简朴，很少有镀金之物，可见古代先人们质朴的风气。山浦这块地方，曾经是甲斐武田将军遗留臣民的移居之地，我的亲生父母家也是其中一家，日常生活中就带着武田家的文化印记。因此，说到山浦，其一是御见名方神的上代时期，其二是武田中代之末。有时人们也会将这两个时代看成是相连续的时期或者将其混淆。有的评书中就将二者混在一起。

我做的剪报中，有《围绕诹访的线》一文，写于明治四十三年（1910）七月的《南信日日新闻》上，里面写道："在围绕诹访的线条中选择具有代表性的线路的话，其中一条就是八岳火山汇的裙摆处的线条，另外一条是诹访湖畔的线条。"然后还如下写道：

> 接下来如果是要去八岳山麓的话，可以看见一条令人内心跃动的曲直线。这条曲直线一方面跟诹访湖成直角向西边延伸，另一方面跟诹访湖平行着向南走。山浦就在这条线上任意截取出一个又一个部落。这条线仰望的时候没什么趣味，但是，如果从远处横向观看的话，就颇有趣味。从九十尺高的山顶安静而缓慢地滑下来的倾斜线条，在纵切中可见各种各样的色彩。这种复杂而有趣的风景会让人们浮想联翩。特别是秋意正浓时，芒草茸茸，银光朦胧，还有，远处南边的山顶的上方也可以看见富士山的影子，让人有一种山顶有雪的错觉，这些都令人非常怀念。像飞驿山脉那种刻在空中，坚硬、充实，而又令人心惊的线条在诹访是看不到的。

如此这般，回忆幼时的景象亦是颇有乐趣。

虽然比起自己在诹访生活过的岁月，在东京生活过的时间要长久很多，但是，乡土总是会以各种形式展现在自己身上。如今已经着手东洋美术专业十五六年之久，当初学习樱井时冬先生的《日本绘画史》所做的笔记，依然残留在手边，感觉甚是久远。我的方向最初是文学，后又转向历史学植物学，拿着显微镜日复一日。但是，自从岛崎藤村先生的《家》在《读卖新闻》上连载时，我就被深深地被它吸引。当时为了打开局面解除内心的困惑，我在学习哲学等的同时，也做着孩提时代就喜欢的画画工作。甚至到了东京的时候也在犹豫，到底是要学哲学呢，还是绘画呢，心里一直没有主意。直到后来才专攻东洋美术。这么一看，我自己其实是对各种各样的事情都抱有过兴趣，学了各种各样的东西才到了今天，至于其中到底学哪一项才是最幸福的，虽然现在已经无从得知，但是我想不论哪一项都应当会有助于自己。这些都是我背后之物。其中所隐藏的就是我幼时的脸庞。在随笔的联想之中，各个阶段都富有各个阶段的特色，在贯穿这些富有特色的内容中可见的是自己的乡土和过去受到的一切影响。这些背后的东西直接以联想的形态展现。

　　此外，这个学生还带来了国外的核桃以及榛子果实，德国的、荷兰的、法国的，各自形状不同，饱含各国风味。味道很好，形状也很漂亮。这样的坚果若是要靠人力来制作的话，必定难度极大。它们线条饱满，颜色富有变化，实在是无法靠人力重现。自然之物最是美丽。关于这个话题，毕业季时图案专业的一个学生也过来跟我聊过。随笔集的发行，于我而言，这是第一次。这一卷书都不及桌上的一颗核桃。春天到来的迹象蠢蠢欲动于林中、篱笆中，以及远处的天空中。在被炉中，我心中浮现的书名便是《春炉》。

昭和十三年二月十九日夜

于东京市杉并区井荻三三九十的寓居

图书在版编目（ＣＩＰ）数据

春炉：随笔集 / (日) 金原省吾著；王国强译. ––
杭州：浙江人民美术出版社, 2023.10
ISBN 978–7–5340–9079–0

Ⅰ. ①春… Ⅱ. ①金… ②王… Ⅲ. ①随笔－作品集
－日本－现代 Ⅳ. ①I313.65

中国版本图书馆CIP数据核字(2021)第208105号

责任编辑　张怡婷
封面设计　何俊浩
责任校对　钱偎依
责任印制　陈柏荣

春炉 随笔集

［日］金原省吾 著　　王国强 译

出版发行　浙江人民美术出版社
　　　　　（杭州市体育场路347号）
经　　销　全国各地新华书店
制　　版　浙江新华图文制作有限公司
印　　刷　浙江海虹彩色印务有限公司
版　　次　2023年10月第1版
印　　次　2023年10月第1次印刷
开　　本　889mm×1194mm　1/32
印　　张　7
字　　数　150千字
书　　号　ISBN 978–7–5340–9079–0
定　　价　48.00元

如发现印刷装订质量问题，影响阅读，
请与出版社营销部联系调换。